三叉神経痛が治った日

杉浦和子
SUGIURA KAZUKO

幻冬舎 MC

三叉神経痛が治った日

はじめに

この私の「三叉神経痛との十五年間の戦い」は、私がアレルギー体質のため特効薬「テグレトール」で発疹（アナフィラキシー）が出て使えなかったことから始まる。

その上、三十一年間脳梗塞で左半身麻痺の主人を介護していたという特異な条件下に置かれていたことから、X大病院のZ先生の「様子を見ましょう」の言葉に甘え、十五年も三叉神経痛と仲良くしてしまった特異な体験談の手記である。

最近、世間では自分史作りが盛んで、私の知り合いの中にも、自分史の教室に通って自分史作りに熱中している人たちがいて誘われ、何をテーマにしようかと悩んだが、私には十五年も苦しんだ三叉神経痛から解放していただいたという貴重な体験があるではないか。世の中の役に、いや参考にはあまりならないかもしれないが、一部の私と同じように三叉神経痛になってしまった方には参考になると思うようになって、記録に残しておこうと思いたち、二十年近くも前のメモ的な日記帳を引っ張り出してきた。

現在、八十四歳になった私が、なぜいま頃になって二十年近く前のことを書き残そうと思ったか。それは十五年間に渡る壮絶なる三叉神経痛との戦いを、私の頭がしっかりしているうちに、つまり認知症にならない間に書き残し、いま苦しんでいられる同病の方々に多少なりとも参考になればと思ったからである。本書は以下の記録から執筆した。

・平成十四～二十年までは「三叉神経痛の病歴」パソコン資料による（転院したときのため、転院先への提出用として書き残した病歴記録より）。

・平成二十～二十九年まではダイアリーのメモと、お薬手帳による。

私のお薬手帳は、アレルギー体質で効かない薬や、アナフィラキシーの記録簿でもある。

私の主人は昭和五十六年に脳梗塞で倒れ、左麻痺体幹機能障害一種二級（まだ杖をついて歩行できた）で家におり、子どもたちもみな独立して、そんな主人を介護しながらの二人と犬との生活であった。

その頃の私はまだ三叉神経痛とはわからず、ちょっと唇の上に触ると痛い、カーテンに触ると痛いぐらいに軽く考え、十五年後に寝ることもできない、横になることもできなくなるなど思いもよらないことであった。

では、なぜ十五年も放っておいたか、いや放っておかれたか、手術をせつかなかったのか、いや我慢したのか。結局は手術をして治ったのであるが、もっと早くに手術をすれば良かったのに……とか反省しきりである。その顛末をお話ししたい。

この十五年間の間に私は三度手術を決心した。

①A市民病院で神経内科から脳神経外科に回されたとき。
②B市民病院から「まず手術だ」とA市民病院の脳神経外科に返されたとき。
③A市民病院から紹介状をもらって、X大学病院脳神経外科に転院したとき。

でも、いずれのときも手術はしてもらえなかった。手術に期待を寄せていた私だったが、先生から「手術をしましょう」の言葉はなかった。私も半身不随の主人のことを考えて、言われるまではと手術をせつかなかった。

三叉神経痛という病気のメカニズムや、十五年も放っておいた場合の行き着く先については、どの医学書にも書いてなく、当時はどの先生もそのことを言ってくださらなかった。

実際に経験してみてはじめてわかったことであって、甘く見てはいけないということだけでもわかっていただけたらという思いで、この手記を書いている。その間私の心の葛藤や心境などとともに、どのように痛みを止めるために向き合ったかなどを書き残せたらと思っている。

三叉神経痛と診断されたとき、私は医学書やインターネットで調べまくった。そのとき、X大病院で手術され、完全に三叉神経痛が治ったA子さんの体験記を読んだ。その方の体験記で「二十一日間入院した」となっていて、二十一日間も主人一人にしておける状況ではなく「三週間もねー」と思った。

また、あまりの痛さにA市民病院の神経内科のH先生に、

「死んでしまいませんか！」

と叫んだとき、

「こんなことで死ぬか！　死にゃーせん！」

と言われたひと言が、半身麻痺で懸命に生きる主人のことを思ってしまい、三叉神経痛と仲良くするほうを選び、十五年も経ってしまった。死ぬようなことはないようならば、仲良くしようと思ったのである。

インターネットには、「痛くてしゃべれないから家に籠もり、痛くて食べられないから食べなくて痩せてしまい、家にばかりじっとしていて『鬱』になってしまって、痛さにも耐えられず自殺する人もいる」と書いてあった。

私は絶対そんなことにはならないぞ、だって私には左半身麻痺で何もできない主人がいるのだからという思いでいっぱいだったから。

家に籠もるのはやめよう。痛くても食事はちゃんと取ろう。体力作りはしっかりしよう（このとき主人の体重は六十五キロくらいで、介護する私の体力作りは喫緊の課題だった）と決心した。食事も涙を出しながらでも食べて栄養には気をつけてとるようにした。

趣味などやめたりしないで外に出て、生活は変えず三叉神経痛と仲良くしようと決心したのであった。どこにでも出かけ、山登りも、旅行も、趣味も畑も、運動もやめなかった。民生委員もボランティア活動もやめなかった。

最後に転院したX大学病院には、手術をするために送られたのであるが、そうはいかなかったのである。薬を変えるばかりでこの病院で足かけ八年も経ってしまった。

いま改めて思うと本当に壮絶な戦いだったと思う。そんな思いで本書を書いている。

三叉神経痛の行き着く先がわかっていれば仲良くなんて思わなかったと思う。

十五年も三叉神経痛と仲良くした人は、おそらく私だけではないだろうか。

この本では、三叉神経痛を受け入れながら、仲良くした記録として、発作の沈静期に予約してしまった旅行など、旅行記録を俳句で紹介させていただいている。日帰り旅行も全部入れたら数えきれないが、三叉神経痛と仲良くしながら、楽しいこともあった記録として、一泊旅行を中心に俳句で短く挿入している。

俳句の奥から見えてくる情景を見ていただきたいと挿入した。

まったく旅行もできなくなったのは主人が二回目脳梗塞で寝たきりになったときと、十五年目つまり、最末期の平成二十九年だけであった。痛みを抱えながらよくまあこんなに旅行ができたと自分でもあきれている。

三叉神経痛が完全に治って本書を執筆できたことは嬉しい限りである。

目次

いろんな趣味に平穏をいただいて

服用してきたいろいろな薬

やっぱり治っていなかった

遠い手術

十二年目（平成二十六年）の混沌

Ｘ大教授・Ｚ先生の最後通告

湖東記念病院を見つける・三叉神経痛が治った

あとがき

病名がわからない頃

奇妙な顔面の痛み〈平成十四年二月頃〉

平成十四年十月三日から十日間、夫と一緒に「ドイツロマンチック街道十日間」という時々使っていた車椅子だけの団体旅行に出かけた。

旅行中はまだ顔に触るとちょっとピリッと痛いくらいで、三叉神経痛とは知らず、建物に、歴史に風景に驚くばかりの旅行だった。

（※俳句は、文語調旧仮名遣い）

秋入り日ふと口ずさむローレライ
狭霧たつ空に浮きたる白鳥城
蔦紅葉古きホテルの灯の漏るる
中世の町に紛れし秋の暮れ

市庁舎の鐘冴え人形踊り出す
秋日射しベンツを語る博物館

車椅子の団体旅行なのでライン下りはバスで沿道を下り、いろいろなお城も中には入れずせっかくドイツまで来ているのにさみしい思いをした。この車椅子旅行社には台湾・タイ・エジプト等お世話になったが、その後の外国旅行や国内旅行は車椅子でも連れてっていただける、一般の方々と一緒のH旅行社を見つけて利用させていただくようになった。

旅行から帰ってしばらくすると軽い耳下腺炎を起こし、大病院で検査してもらう。心配ないとのことで腫れはすぐ引いた。耳下腺炎の腫れはときどき繰り返していた。

二月頃、顔を洗うたびに左唇の上がちょっとだけピリッとする。洗うたびに、触るたびにピリッピリッピリッピリッと違和感があるが、たいした痛さではなかった。

ピリッピリッの期間はどのくらい続いただろうか？　「どうしたのかな」と思っているうちだんだん鼻の横に移っていき眼の横に、左額にと移動した。近所の家庭医Sクリニックで状態をお話ししたら、CTを撮ってくださり、

「頭には何の異常もないですよ。神経がちょっと悪戯しているのでしょう」

とにこにこされた。

しかし、そのうち顔が左半分痺れているみたいな感覚でピリッとした痛みは左の額へと移っていって固定した。はれぼったく熱っぽい。右の頭を叩くと空き缶を叩いているような感じがした。顔に触ると痛い。顔を洗えない。髪をかき上げられない。化粧も一苦労で困ってしまった。


十二月、この痛みは歯からかもしれないとR歯科を受診。先生は歯周病と虫歯が原因かもしれないと治療が始まる。A市民病院の口腔外科で二本抜歯してもらったが、それでもしびれは取れなかった。

この抜歯したときの鎮痛薬（「クラビット」とか「ロキソニン」）が全然効かなくて痛くて痛くて閉口した。なぜ痛み止めが効かないのか？　私には効かない薬があるということをこのとき、まだわかっていなかったのである。


今度は耳鼻科の関係じゃないかと考えた。同病院の耳鼻科でMRI検査をしたが耳鼻科関係では異常はなかった。

R歯科に戻って治療は続いたが痺れは取れず、この治療は十一月まで続いた。

その治療の間に、朝起きたら頭がふらついて立っていられないくらいで、姉に、

「おかしいんだわ」

と電話すると、

「きっと血圧が高いよ。測ってごらん」

と言う。計ってみたら血圧計が何度測ってもエラーと出て測れない。血圧が上がり過ぎて測れなかったのだろうか。


少し横になってから、家庭医Sクリニックに行ったら血圧は百六十六で、血液検査をしても血液検査の値には何の異常もなく、どの数値も＋－ゼロであった。血圧計がエラーとばかり出たときは一体血圧の数値はいくつだったのだろう。

S先生は、

「本態性高血圧ですね」

とまたにこにこされた。血圧降下剤「ブロプレス」を出していただいて、それ以来この薬を続けて飲んでいる。後でわかったことだが「本態性高血圧」とは、わけのわからない高血圧のこと、原因のわからない高血圧をひとまとめにしてこういうのだそうだ。看護婦をしていた友人は、「遺伝的なことが多いそうよ」と言っていた。


この頃顔を洗うと左こめかみに激痛が走るようになり、顔洗うのも一苦労。カーテンに

触っても痛い、風が吹いても痛くなって困ってしまった。歯でも、耳でも、頭でもないとなるといったい何だろうか。

原因判明〈平成十六年一月五日〉

思いあまって我が街のA市民病院に出かけ、受付で症状と経過を話し、家庭医Sクリニックで撮ったCT写真を持って行った。

「こんな状態ですが、何科が良いでしょう？」

と問いかけたら、あちこち電話をかけて探してくださり、「神経内科」を紹介された。そして、その神経内科のH先生は一発で「三叉神経痛」と診断された。この二年弱の迷走は何だったのだろうかと思う。

翌々日、MRI検査をして、薬は鎮痛剤として特効薬の「テグレトール」が出された。ところが、この「テグレトール」で、アレルギー体質であるらしい私に発疹（アナフィラキシー）が出てしまって、私には「テグレトール」は使えなかったのである。

「三叉神経痛」とは

H先生の診断後、インターネットで「三叉神経痛」について調べまくった。

三叉神経とは、顔の感覚（痛い、熱い、冷たい、触るなど）を脳に伝える神経のことである。

その神経は三つの枝に分かれ、第一の枝は上瞼から額へ、第二の枝は目と口の間の頬、第三の枝は口から下の顎間に分布しているとのこと。

この神経に激痛が走る病気を「三叉神経痛」という。この痛みは、命に関わることではないが、三大頭痛の一つといわれ、中でもこの世で一番ひどい痛みといわれている。三叉神経に何らかの異常が生じて発作的に電撃痛や焼け火箸を突きさすような、金槌でぶんぐられるような痛みが走る病気である。

脳の動脈は頭の中でじっと動かないのではなく、常にぐにゃぐにゃ動いているそうで、何かの拍子に、動脈が三叉神経を圧迫したり、接触したりするとき激痛が走ったりするという。

さらに詳しく調べると、突発的な痛みが多く数秒間のものがほとんどで、長く続いても痛みは数秒間で収まるということがわかった。

それ以上の痛みが続くようだったら他の病気を疑うようにと書いてあった。

三叉神経痛の治療方法

①薬物療法

・「テグレトール」など痙攣を抑える薬（てんかんを抑える薬）一時的な痛みを抑える薬の使用。

・継続していると薬の量が増え、ふらついたり眠気を伴ったり等の副作用が出ることがある。

②神経ブロック

・三叉神経をブロックして一時的に麻痺させたり、部分的に神経を破壊したりして痛みを止める。あくまでも一時的で、完治させるものではない。しばしばブロックする神経の周りで痺れが起きることがある。

③手術

・元から原因を取り除く手術で圧迫している箇所を離したり、圧迫しているところにスポンジを（二十年前当時）挟んで圧迫しないようにする。

・手術が成功すれば、九十～九十五％完治なのでもう薬はいらない。
・まれに顔面神経の麻痺とか、聴力の低下が起きることがある。

④ガンマーナイフ

・三叉神経を圧迫している血管はそのままにしておき、放射線を三叉神経の元に照射して神経を元から焼き切って痛みを取り除く。手術でもだめな人や、高齢者にとる方法で最後の手段である。

①と②は初期にとられる痛みを鎮める方法であり、完治させるものではない。
④ガンマーナイフは新しい方法だが、まだまだ未知の分野である、となると、一番良い方法は③手術であるということを理解した。
触感（痛い・熱いなど）を脳に伝える神経だから副作用が出るということだろうか？
その感覚がなくなるということだろうか？

A子さんの手記から

三叉神経痛に関するあらゆることを探っているうち、X大病院で三叉神経痛の手術を受け完治したA子さんの体験記をインターネットで見つけた。

A4に二百七十字十枚の長い長い手記であった。

三叉神経の説明から始まるこの体験記には、発症時の手探り状態から三叉神経とわかって手術を決断し、入院から手術を終えて退院し、術後検診までが綴られ、発症から手術後の診療まで感謝、感謝の素晴らしい手記であった。

A子さんはとても頭の良い方で、難しい言葉で三叉神経痛について説明されている。

手術が一番の方法とわかっても、入院には「二十一日間もかかる」というのに頭を抱えてしまった。手術が成功すれば九十五％の人は完治するが、後遺症の残る人もいるという。手術そのものの危険性に対して、後遺症、感染症や合併症などについても詳しく書かれていて、よっぽど運が悪いと死亡例もあるという。

私は「テグレトールが使えない」だったが、A子さんは「テグレトールが効かない」ほうの三叉神経痛だった。

私には脳梗塞で半身麻痺の夫がいる。二十一日間もねー……と頭を抱えてしまうと同時に、私は主人より前に死ぬことはできないとかたくなに思ってしまった。

主人は集中治療室へ入っただけで、脳梗塞のときも心筋梗塞のときも妄想の世界に入ってしまっていたからである。

A子さんの手術は成功裡に終わり、三叉神経痛から解放されて嬉しさのあまり、X大病院の執刀医を讃えた素晴らしい体験記であった。

そして私にも最後はX大病院があると希望を持たせてくれた体験記であった。

それまで体力を保ち、三叉神経を傷つけないよう維持しようと思わせてくれた手記であった。

反面教師となった俳友・K代さんのこと

この頃、私たち夫婦の俳句友だちにK代さんがいた。K代さんも三叉神経痛で長年苦しんでおられ、二人ともしゃべると痛みが走るので句会では陰気な会員だったろう。

K代さんは、私よりずっと前から苦しんでおられ、「同じ病気だね」といろいろ効いた薬の情報とか、ハーブや漢方薬の情報とか交換したりして慰め合っていた。

K代さんは、私と同じ三叉神経痛とわかり合う前、すでに藁にもすがる思いだったのだろう、東京・大阪間のいろんな病院巡りをされたという。

そして何回も神経ブロックをされたという。やはり神経ブロックは恒久的な処置ではなく、麻痺が切れてくるとまたブロックをという繰り返しであったらしい。

私は、障害者の主人を抱えていたこともあり、病名を初診断してくださったA市民病院一本やりで、他の病院にはかからなかった。また、インターネットで覚えた知識で、「するなら手術」と決めていたので、神経ブロックは一度もしなかった。K代さんの話を聞いてもブロックを受けようとも思わなかった。

すでに何回も神経ブロックを受けてしまっているK代さんに対して、こんなに何回も神経ブロックしていいのかなと思いつつ、そのことを口には出せずにいた。心の中でいつも大丈夫かなと思いつつ……。

だいぶ時が経ってK代さんには手術しか残されていないとなったとき、心配していた通りになってしまった。K代さんの三叉神経はぼろぼろの傷まみれで、手術ができる状態にないと宣告されてしまったという。

K代さんは長い間痛みと闘いつつ、続けておられた大好きな俳句教室にも出てこられなくなった。風の便りに亡くなられたことを知り、胸つまされる思いで言葉も出なかった。

最後の状況はわからなかったが、さぞかし激痛と闘いつつ体力を消耗され、亡くなられたのではないかと推察している。K代さんのお参りもできなかったが、私は「三叉神経」を最後まで手術できる状態に保っておかなければならないと、どんなに痛くてもブロックは受けないぞとつくづく考えさせられた一件だった。

K代さんには申し訳ないが、私にとって反面教師になっていただいたと思っている。いまでもいつも静かな俯き加減のK代さんが思い出されてならない。

A市民病院神経内科での診療が始まる

特効薬「テグレトール」が使えない！〈平成十六年一月十三日〉

神経内科のH先生に三叉神経痛と診断された私は、一月七日MRI検査を受け、三叉神経痛の特効薬である効てんかん剤「テグレトール」が出された。H先生には、

「この薬はまれにアレルギーで発疹（アナフィラキシー）の出ることがあるから、一週間後に来てください」

と言われた。

一週間後、A市民病院へ診察に行ったときは、その一週間は「テグレトール」が効いてとても調子良く、痛みが抑えられ本当に嬉しい一週間であった。H先生も「良かった。良かった」と言ってくださって、私もにこにこして帰ってきた。

ところが、次の八日目、一月十三日全身に発疹が出てしまった。数少ないアレルギー体質だったのだ。

すぐ病院に駆けつけたらH先生もびっくりされ、慌てて皮膚科に回されて内臓検査（特に肝臓）をした。実は大変なことであったらしく、H先生がホッとした顔で、「肝臓まで発疹が出てなくて良かった」と言われ、すぐに診察券に異常体質の赤丸印が貼られた。

これ以後、どこの病院にかかってもこの赤丸印はアレルギー体質の証明になった。

アナフィラキシーとは

アレルギー反応でも特に重い症状で、皮膚だけではなく内臓の複数の臓器にも発疹症状が現れ、全身的に内臓にもアナフィラキシーが現れると、命の危険性があるそうで、先生は慌てられたのであった。もう特効薬の「テグレトール」は使えない。

そういえば、以前風邪を引いたとき家庭医Sクリニックからセフェム系抗生物質の風邪薬「ケフレックス」が出され、全身発疹が出て体中まっ赤になったことがあった。

全身がかゆくてポカポカほてって、帰ってすぐ家庭医Sクリニックに飛び込んで注射をしてもらったら発疹は消えていった。

そのときは治まったが、一ヶ月くらいしてまた風邪がぶり返し、同じSクリニックに診察を受けに行って薬を出してもらったら、前回と同じ薬が出ていてびっくりしてしまった。慌てて「前に発疹の出たケフレックスの薬が出ている」と電話したら、「あー、ケフレックスは捨ててください」の一言だった。捨てた薬の薬代のことや、替わりの薬には触れもされなかった。

この事件があって、家庭医を変えたのだった。この次の家庭医T医院は、薬はたくさん出されない。風邪でも三日間分くらいしか出されなくて、患者の顔を見ては薬を出されている。

A市民病院で、血圧降下剤を三叉神経痛の薬と一緒に出してもらっていたが、「こんな薬は家庭医から出してもらいなさい」と強く言われ、さらに「Sクリニックがあるでしょう」と言われてもじもじしてしまった（どちらの先生もX大病院系だった）。

こうして新しい家庭医T医院から出してもらうようになったが、やはりたくさんは出さず、顔を見ては一ヶ月分が処方された。T先生は三叉神経痛の話もよく聞いてくださり、「どんなときに発作が起きるか記録を取りなさい」とかアドバイスをいただくようになった。ダイアリーはこの頃からつけ出したのかもしれない（この先生もX大病院系）。

今度も「テグレトール」で発疹が出て、私はいやというほど、自分が異常体質なのだと思い知らされた。

この頃、まだR歯科の歯周病の治療は続いていていて悪化してしまった。歯茎がいくら痛いと伝えても、歯の磨き方が悪いと言ってわかってもらえない。このときの痛み止めは、たしか「フロモックス」と「ジョサマイシン」だったと思う。

治らないので岐阜県の親戚の歯医者に診てもらったら、歯茎のところが化膿していた。切開手術をしてもらい、化膿止めに「クラビット」を出してもらって、すっかり治ってしまった。やっぱり私には効かない薬がある。


この「テグレトール」によるアナフィラキシー事件の大騒動で三叉神経痛の鎮痛剤は「リボトリール」に変わる。

「リボトリール（抗てんかん剤）」〈平成十六年一月十九日〉

「テグレトール」に変わって新しく出された薬「リボトリール」は、長い時間をかけてだんだん効いてきて、痛みを和らげると言われ飲み続けたが、いつまで飲んでも効いてこなくて、痛みはひどくなるばかりだった。

病院にかかる前、つまり薬を飲まなかったときのほうが痛み方は軽く、この薬を飲み出したら立ち居振る舞いにも困るようになってしまった。

特に寝起きはひどく、何かでドカーンとぶん殴られるような激痛が走り、治まるにも長い時間がかかり、頭を抱えてうずくまり、痛みが治まってから立ち上がる始末の繰り返しであった。「長く続けていると効いてくる薬」と自分自身に言い聞かせて飲み続けたが、とうとう我慢ができなくなり、もう限界だと自分から薬を中断してA市民病院に駆け込んだ。

私　「先生！　薬が全然効きません。死んでしまいませんか⁉」

H先生　「こんなことで死ぬかー！　死にゃーせん！」

この言葉で私は心から安心した。私は左半身麻痺の主人を残して死ぬわけにはいかない。H先生のひと言で「三叉神経痛と薬と仲良くしていこう」と腹をくくることができた。これが三叉神経痛との長い付き合いの始まりとなった。

この日から薬は「メチコバール」に変わる。飲んでいた降圧剤の「ブロプレス」もこの日からしばらくやめてみることになった。

「メチコバール（ビタミンＢ12）」〈平成十六年三月二十三日〉

「メチコバール」に変わって病状は沈静期に入ったのか、七ヶ月間大きな発作は起こらなくて小康状態が続き、あまり暴れなくなった。顔に触らないように気をつければ、ひどい発作は起きなくなった。治ってしまったかと思うほど穏やかな日が続き、快適な毎日が続いた。

このことをＫ代さんが存命の頃に教えたことがある。Ｋ代さんが「メチコバール」のことをかかりつけのお医者さんに話したら、一蹴されたとのこと。私とは病気の程度が違っていたのだろう。

「メチコバール」は末梢神経の薬で、しびれや痛みを和らげるビタミンＢ12系の薬で「テグレトール」や「リボトリール」のように抗てんかん剤ではないのであった。

耳の痛み〈平成十六年七月二十日〉

ものすごく耳下腺が腫れてしまって耳鼻科に飛び込みで診察。反復性耳下腺炎と診断された。唾液腺のアミラーゼの値が高いとのことで、唾液腺が詰まりやすいのだそうだ。

〈注　アミラーゼの値が高いことは、主人の一回目入院中、私も健康診断をうけ、徳洲会病院で指摘されていた〈平成始め頃〉〉

耳鼻科の先生には、耳の後ろを常にマッサージするようアドバイスされた。反復性耳下腺炎はその後もたびたび起き、耳の後ろが突っ張るような感じがしたら腫れてくるなとわかるようになった。はじめはマッサージしていたが、最近は湿布薬を耳の後ろに貼ると治ってくる。三叉神経痛と関係があるのだろうか？

民生委員をしていた頃、敬老会の日にバスでご老人に付き添うことになっていたが、朝起きたら両頬ともにパンパンに腫れてしまい。仲間の民生委員さんに役を代わっていただいたことがあった。

何かこれも三叉神経痛と関係あるのだろうか？　H先生は「ない」と言われたが、私の体にはいろいろな面で不調が出始めていたのであった。

私はいまでも三叉神経痛の前兆ではなかったかと思っている。

三叉神経痛が発症する十年ぐらい前だったと記憶しているが、ひどい帯状疱疹にかかったことがあった。帯状疱疹は子どもの頃にかかった水疱瘡の免疫が切れた頃ストレスが溜まるとかかるといわれ、中年過ぎにかかる人が多いといわれているが、ちょうど五十五歳頃だったと思う。胸のあたりが痛くて痛くて、しかも痛いところが一定しない。寝ても座っても横になっても痛くて、立っているのが一番良かった。あまりにも痛くて辛く、私は、

「胆嚢結石でも転げ回っているのじゃないですか」

と病院に駆け込んだ。レントゲンやエコーなど検査されて、一週間後結果を聞きに行ったら、先生は体を見て、

「発疹が出ているから帯状疱疹だ」

と言われ、処置を受けた。

帯状疱疹の発疹の痛みはいままで経験したことのないチクチクピリピリした痛みで忘れられない。塗り薬をいただいて塗ると三時間は治まるが、三時間ごとにピリピリ独特な痛みがして薬を塗ると治まるという繰り返しであった。ちょうど胸の中心から右半身に三センチぐらいの帯状に発疹が出て崩れてチクチクピリピリ痛かった。

何年か経って、三叉神経痛がひどくなった頃、隣の奥さんが家に飛び込んできた。

「あなたテレビ見た？」

「あなた帯状疱疹したことあるでしょう？」

「三叉神経痛と関係があると言っていたよ！」

と……。

何年か経って、また軽い帯状疱疹が出たとき、Ｘ大病院のＺ先生に、

「関係ありますか？」

と聞いたら、

「関係ない」

と言われた。

でも私は一回目の帯状疱疹も三叉神経痛の伏線であったのではないかと思っている。チクチクピリピリは忘れられない特別な痛み方だった。

三叉神経痛と仲良くしていこう

日常生活と三叉神経痛

沈静期に入ったとはいえ、体調がまったく良くなったわけではない。「触らない」、「しゃべらない」、「食べない」、「風に当たらない」を心がけ、急激な動きをしなければいいのであった。

しかしながら、日常生活をしていると顔を洗ったり、鼻かんだり、お化粧したり、まったく触らないわけにはいかない。また、しゃべらないわけにもいかないし、食べないわけにもいかない。咳や嚔《くしゃみ》も出てしまう。

とにかく体力を落とすわけにはいかないのだから。食事はもちろんのこと、日常生活も趣味も畑も運動も民生委員もボランティアも何もかも生活は変えなかった。

黙ってする畑仕事や、花作り、お絵かき、お習字、バドミントンなど夢中に寡黙になっているときは比較的発作は起こらない。夢中になってそのことに没頭すれば顔の皮膚も動かないということだろう。

ただ、いろんな会や組織に入っている以上、しゃべらないわけにはいかない。ときどき私がぱっと黙ってしまうと、皆が、

「いま痛いの？」

と心配してくださった。そんなとき私は、

「ちょっと待って。少し経ったら治るから」

と静かに息を止めたり深呼吸をしたりして、痛みが治まるのを待っていただいた。

「触らない」とは、こすらない・皮膚を動かさないといったほうが良い。

顔と手の平の間にクッションを置く。つまり水や、泡でクッションを置くのである。朝は蛇口の下に顔を置いて流し洗いし、柔らかいタオルで軽く押して拭くだけ。

顔洗いはお風呂のみ、泡で洗ってお湯を優しくかけて流し、手では絶対にこすらない。顔を拭くときもこすらず、柔らかいタオルやティッシュで優しく押さえて拭く。汗を拭くのもしかりである。

お化粧落としもこの方法で泡洗顔をして皮膚に手を触れない。お化粧するときもスポン

ジが大活躍で、優しく押さえて皮膚を動かさないようにした。

強い向かい風には本当に困った。向かい風が来ると、くるりと後ろ向きになって歩くようにした。

一番やっかいなのは食べるときで、だましだまし食べるしかなかった。一口食べては痛みが引くのを待っていては、時間がかかって仕方がない。でも食べなければ栄養失調になってしまう。ゆっくりゆっくり、痛みを止めては食べていた。ときどき訪れる子どもたちも、いつも食事中の私の顔色ばかり見るようになった。


三叉神経痛の末期になって痛みがだんだんひどくなり、三十分以上も続くようになってからは発想の転換をして、痛い間・発作の起きている間に何もかも済ますようにした。洗顔も、歯磨きも、お化粧も、食事も涙を出しながらも痛い間に全部済ます。

そして深呼吸したり、息を止めたりして痛みを収めるようにした。並大抵ではなかったが痛みを抑えてから次のことをしていては前に進めなかったからである。

三叉神経痛の発症の仕方を火山活動の噴火に例えて

三叉神経痛は一年三百六十五日痛いわけではない。一度大きな発作がドカーンとくると何をしても痛い期間がしばらく続き、時期が来ると嘘のように沈静期に入る。

長くつき合っている内に私は、三叉神経痛の発症の仕方は、マグマが溜まっては爆発する火山に似ているなと思い、次のように分類してみた。こんな例えは、どの本にも、インターネットにも書かれていないが、神経痛の発作を火山の爆発・噴火、活火山期、休火山期にたとえると、はじめのうちは単発的に一回だけ噴火して休火山に入る火山だったが、私の場合末期には、四六時中ブツブツブツブツと活動期が長くなってしまった。

それぞれの時期の特徴は以下のようになる。

噴火と爆発

・突然の発作・再発（原因のない痛み）。
・ほとんど起き抜けに起こる（はじめの頃）。
・はじめのうち、まだ三叉神経痛とわからない頃は確かに瞬間的だった。

活火山期

・活動期のことで、爆発してから痛みが沈静するまでの間。

休火山期

・はじめは数秒で治り、だんだん活火山状態が長引いても待っていれば必ずスーッと休火山期は嘘みたいにやってきた。治ったのではない。休火山期（沈静期）でも、皮膚に触るとか突風に遭うなど、原因のある痛みは常にあった。

死火山

・絶対にない。必ず再発した（私の場合）。

私の場合、はじめは確かに瞬間的でこの通りだったが、活動期はだんだん延びて三十分以上、一日中、何日もと延びて、本やインターネットに書いてある瞬間的な痛みはごく初期か、うっかり触ったりした休火山期だけだった。

ちょうど火山と同じように一度爆発が起こると活火山期がしばらく続き、嘘のようにスーッと休火山期に入る。

爆発の原因も周期も一定せず、長い時期もあれば短い時期もあるが、必ず休火山になる日が来るのははっきりしていた。だからドカーンときて活火山期に入ったら、ひたすら休火山になる日をじっと待てばよかった。休火山はあくまでも休火山であって、原因のある噴火をさせなければ良いのである（皮膚を動かすようなこと）。

大きな突発的大噴火の原因はわからず、往々にして起き抜けに多く、ドカーンと一発であったり、ドカーンドカーンと二発であったり、三発のときもあってこれも一定ではない。ドカーンの回数が増えるほど活火山の時期は長く、何日も続いたりする。

というのは、食べても触っても咳をしても嚔《くしゃみ》をしても、しゃべっても痛みが来る日が何日も続くのだ。でもいつかは必ず休火山に入る日が来るので、その日をひたすら待つ毎日であった。

はじめの頃は秒単位になっていた活火山期が分単位になり、五分も十五分も三十分も続くようになった。でも必ずスーッと消えるときがきた。こんな毎日が何日も続いても時期が来るとスーッと引いて嘘みたいになる。誠に気まぐれであった。

日記に赤ペンで痛さの程度を＋・二＋・三＋・四＋と入れてある。

こんな活火山の日が何日も続くと、ダイアリーのページが真っ赤になるが、休火山に入ってまったく赤ペンがない日が何日も続いたりした。振り返ってみると、休火山がこんなに続いていたのかなーとびっくりする。

このように適度な休火山があったので趣味もやめずに続けられたのだった。

自分で見つけた痛みを止める手段

痛みを止める努力もずいぶん試みた。

一番良かったのは大きく息を吸い、その息を頭に溜め、息を止められるだけ長く止めてからゆっくりお腹に戻す。そうするとスーッと痛みが引いていった。

でもこれも最終段階ではどれだけやっても痛みを止めることはできなくなってしまった。

話している途中に痛みがきたとき、みんなに待ってもらい、この方法で痛みを止めることができた。この止め方は、原因のある痛みに対しての方法である。

①枇杷の種酒

家には大きな枇杷の木がある。枇杷の酒は疲労回復とか肩こりに良いと聞いていたので、毎年枇杷の種を集めて「枇杷の種酒」を作っていた。

平成十八年に発作が起きたとき、偶然寝る前に、盃一杯「枇杷の種酒」を飲んで寝たところとても調子が良く、痛みが和らいだ。

平成十九年二~三月に発作が起きたときも、枇杷の種酒でひどい時期を乗りきることができた。でも枇杷の種酒もそこまでで、その後はあまり効かなくなってしまった。友達に枇杷の種酒を分けてあげたりしたが、お節介なことであった。

②ハーブ（バジル中心の頭痛に効くというハーブ茶）

平成二十二年六月、市の緑化植物園に行ったときハーブの喫茶店に入った。

その店ではいろんなハーブ茶を売っていて、「頭痛に効くハーブ茶」というのがあった。本当かなと思いつつ何気なく買って帰り、早速飲んでみたら、次の朝頭の痛みがすっかり消えてしまっていた。

あまりの効果にびっくりして、お節介この上ないが、早速K代さんにも知らせて毎日飲み続けた。不思議なほど快調で嬉しくて躍り上がりたい心地だった。こんなハーブで痛みが消えるのか「なーんだ」という思いでいっぱいだった。

でもこのハーブも三週間ほど経ったころ、ものすごい反動が来て、ドカーンドカーンと大発作が起きてしまい、元の木阿弥となってしまった。痛みを治したのではなく、痛みをごまかして麻痺させて抑えただけだったのだろう。

枇杷の種酒もハーブ茶も麻薬的な作用があったに違いない。痛みを麻痺させて和らげる作用であって、治すものではないと悟った。やはり完治は手術しかないと思い、三叉神経をブロックなどして傷つけないよう、体力が手術に耐えるよう温存しなければとつくづく思ったのであった。

③気功と太極拳

あるとき主人が本屋に行っているとき、気功で三叉神経痛が治ったというテーマの本を見つけ、買ってきてくれた。

早速飛びつくように読んだが、気功をすることで体から出る気が宇宙の気であるアルファー波を呼び込み三叉神経痛を治すといった内容だったと思う。その本はなくしてしまったようでいまはない。主人の亡くなったとき、家の中を大幅に整理し、本もだいぶ整理したからである。

その頃、近くに太極拳の教室ができて、友達から誘われていたので入会した。気功の先生に怒られるかもしれないが、気功も太極拳も中国から来た健康武術で、私から見ると同じに思えたからである。

太極拳の会に入ってみたら、やたらと型を大切にし、白鶴が舞うように体を舞わせることが重点とされ、足の先から手の先、頭の天辺まで細かく指導され、呼吸法はほとんど教えられなかった。先生の鶴の舞は見とれるほど美しかった。美しく踊れば自然と呼吸法も伴うということだろうか。

この太極拳は体操教室も兼ねていたので、激しい動きには激痛が走り、しゃがみ込んでしまうことも度々あってみんなに心配をかけた。それでも平成二十二年の十月から二十七年の八月まで我慢強く続けたが、三叉神経痛にあまり大きな効果はなかったと思う。

呼吸法はやはり気功かと思い、ＤＶＤを買ってテレビを見ながら気功を必至に続けてみたが少し良くなるくらいで、本に書いてあるように治るまでにはほど遠かった。

このような試行錯誤をしたことで、深呼吸して息の続く限り、息を止めると痛みが消えた私の方法は間違っていなかったことがわかり、腹式呼吸の大切なことも知った。

気功は無音の世界である。気功による治癒を期待していたが、宇宙のアルファー波を体内に取り込むのに時間がかかるため挫折してしまった。一セットＤＶＤの気功をすると四十分もかかった。

その他、お風呂に入ってタオルでじっと首を温めると良いと聞きいろいろ試してみた。だが私にはこんなことくらいで治るということはなかった。軽めの症状の人にはこの方法も良いかも違いないが……。

つくづく思うこと

繰り返しになるが、火山には、噴火↓活火山期↓休火山期がある。そして死火山になることもある。

三叉神経痛にも、噴火↓活火山期↓休火山期はあるが、死火山には絶対ならない。

それでも待てばいいとじっと我慢して休火山期を待っていられたのは、平成二十六年ごろまでだった。たまにしか休火山は来なかった。平成二十九年になるとまったく休火山は来なかった。この頃から桜島火山のように二十四時間、小爆発が起こり続けるようになったのである。

「三叉神経痛と仲良く」なんて言っていられないときが来るとは、どのお医者も言ってくださらなかった。また、そんなことは本にもインターネットにも書いてなかったのである。

何年か先に、横になるたびに痛みが走り、つまり横になって眠れない事態に陥るとは、想像さえできないことであった。長椅子にもたれて胎児のような型で寝るしかなかったのである。

なぜ横になって眠ることもできないほどの事態になってしまったのか、つくづく考えてしまう今日この頃である。

私が悪かったのだろうか？　病院が悪かったのだろうか？

いろんな趣味に平穏をいただいて

「登山の会」

主人が一回目の脳梗塞で倒れたときは体重八十キロもあったが、この頃は六十五キロ位あり、主人を介護するためには私の体力を付けるのが喫緊の課題であった。

親友に誘われて月二回の日帰りで参加できる登山の会に入会したのであった。

三叉神経痛を発症してからもこの東愛会（東海自然歩道を愛する会）は楽しみで、はじめの頃は主人は杖をついて歩けたので、又右手は自由に動かせたので月二回の活動に主人と私の弁当を作り、主人に留守番してもらって参加した。

そのうち主人が片手で運転免許を取り、自分で外食を楽しむようになって、私の弁当だけで済むようになった。主人がまだ一回目の脳梗塞で倒れた頃の話で、杖をつけば歩くことができていた頃の話である。主人にとってはこの外食が楽しみで、「今日はここへ」「今度はあそこへ」と車で出かけていた。

山登りは黙って登っている間はいいのだが、少しでも高いところから飛び降りるのは厳禁だった。そろそろと降りて気をつければ良かったのだが、ちょっとでも飛び降りると痛みが瞬間的にズキーンと走った。

当時、月二回（偶数月）日曜日の日帰り登山は楽しみで、早朝出発・夕方の出迎えは、運転免許を取った主人が送り迎えをしてくれた。主人も私の役に立つことが嬉しいらしく、喜んで送り迎えしてくれた。

年に二回ほど一泊登山があり、主人の何食かの弁当を冷蔵庫に作り置きして参加した。熊野古道とか淡路島・金時山・岩見銀山など房総半島から山口県の秋吉台までとても楽しい思い出である。

東愛会は、徹底して山歩きが主で、ひたすら歩くこと、山登りすることが目的であったが、年を重ねてきてからは、山菜採りや旧跡巡りなど、寄り道も入ってきて楽しみが倍増した。

それ以上遠くは二泊以上になったので、主人を置いては参加できなかったが、他の人は屋久島や知床、五島列島、佐渡島まで行っていてうらやましかった。

平成二十一年の正月、主人が二回目脳梗塞で倒れて要介護五になって、胃ろう状態で退院し、自宅介護で胃ろうを外し普通食に戻した。主人は頭がしっかりしていたので快くショートステイに行ってくれて、一泊登山のみ参加して私もリフレッシュさせてもらったのである。

東愛会はもっぱら青春18切符を利用しての旅行だったので、列車の乗り換えが多く、三叉神経痛の発作は山登りそのものより、電車・汽車の時間が迫っているときに起きた。急いで走ったり階段をかけ昇ったりしたとき、ものすごい発作が三十分以上も続いたこともあり、ひどい目に遭ったことが思い出される。山を歩いているときは不思議なもので発作はほとんど起きなかった。

行きの列車の中でピリピリしていて、いつ爆発するかとびくびくしていても、山に着いて歩き出すと痛みは止まってしまう。

いつも歩き出すと痛みが止まり、安心すると同時に不思議に思っていたが、山のフィトンチッドのせいだろうか？　歩くということが良かったのだろうか？　いつも歩き出せば止まるという安心感が常にあった。

楽しい思い出ばかりが多い山登りの会であった。

この山登りは何年か経つうちに会員が代替わりしてきた。定年退職直後のような若い人が入ってきて、歩く速さについていけなくなって平成二十九年熊野古道を最後に、退会させていただいた。ちょうど手術をした年で、七十八歳であった。

地域のウォーキング大会が年に一度ある。二万三千歩ほど歩いたときも、三叉神経痛は起きなかったが、運動すると血の巡りでも良くなるのだろうか。

「バドミントン」

バドミントンもしかりであり、楽しいことをしているときは、あまり痛くならない。

主人が脳梗塞で倒れたとき、主人の体重は八十キロもあった。その後も六十キロ台を行ったり来たり。私の体重はその頃四十八キロくらいで、この介護を続けるために私の健康と体力作りは、喫緊の課題であった。

もともと私はバレーボールをしていたが、チームプレーで練習のときは十二人、対外試合のときなど二チーム出ると一人でも欠けると迷惑をかけるので休むことができない。六人で守るバレーと違って、バドミントンは、二人で一面を守るのでバドミントンをやるようになったのである。バレー部の一人が大阪へ引っ越したとき、この機会と思ってバドミントンに替わった。

バドミントンクラブに入ったばかりの頃は、六人で守るバレーから、二人で守ることとなり穴ばかりで相手に迷惑ばかりかけていたが、なんとかついていけるようになって楽しくなってきた。所属していたクラブは対外試合がないし、四人いれば一試合できるので一晩二時間で、替わり合って七~八試合ほどプレーできて楽しい。毎週水曜の夜活動である。主人が寝たきりになってからは主人を寝かせてから出かけた。

ちなみにバドミントンは健康維持のためで、手術後のいまも続けている。このクラブも高齢化して現在は私が一番年長であり、いつも労られているなと嬉しく思っているが、そろそろ引退時だなと思っている。

たまに三叉神経痛がドカーンと来るときがあって、みんなに心配かけたりしたが、そんなときはちょっと替わってもらい、痛みが去るのを待ってまた戻るという形でやっていた。山登りと同じく、夢中で好きなことをしているときは比較的ドカーンの発作が少なかった。顔に触らない、しゃべらない、食べないが良かったのだろうか？　楽しいことをしているときは比較的良かった。

「水彩画と水墨画」

文化的な趣味としては、水彩画をやっている。所属していたのは風景画同好会なので外活動が多い。いろんな場所へ描きに行ったが、人と離れて黙って描けば絵もはかどるし、絵を描く間は無言だから三叉神経痛の発作はあまり起こらない。

会の名前は「日彩会」といい、月二回（奇数月）日曜日午前の活動で、公園や神社仏閣などや近隣の風景を描いている。

この会も一年に一回一泊の写生旅行がある。近県ばかりだったので旅行のときも、常の活動のときも自家用車での移動である。主人が杖をついて歩けた頃は、主人は私が絵を描いている間、俳句の種を拾うのに夢中だった。だからよく主人を連れて参加した。

「今日は○○だけど行く？」

「行く！」

「今年の写生旅行は○○だけど行こうか？」

などといった具合で宿を二人分取ってもらい、主人はよくついてきた。食事も宴会もみんなと一緒で楽しそうだった。絵の友達も主人と快く接してくださり嬉しかった。

主人が二回目の脳梗塞で倒れて、要介護五となり車椅子生活になってからは、写生旅行のときはショートステイに行ってもらって、私だけ参加した。

写生は外活動ばかりで、現在も続けている。一年に三回ほど風景画の展覧会を行っている同好会である。

水彩画の前は水墨画に熱中していたが、教室が遠かったので主人が一回目の脳梗塞で倒れてからは、近くの公民館の教室「墨友会」に変わった。

主人が二回目脳梗塞で寝たきり状態となって車椅子生活になったので、教室には通わなくなり「会友」にしてもらった。一年一回の市民サロンでの墨友会展に家で描いて出品するだけであるから、黙って家で描くので三叉神経痛は痛くならない。

毎年二十号を二枚出品している。昨年十一月、たまった作品の一部をコーヒーサロンで展示させていただいた。湖東記念病院で三叉神経痛を治していただいた時、あまりの嬉しさにこの水墨画を二点病院に寄付してきた。

「庭の花作りと家庭菜園」

我が家の庭は花いっぱい。おかげ様で仏様の花にも困らない。

私の家庭菜園は、量は多くないが種類はいっぱいで、ほとんど野菜を買わないほど良くできている。種類ばかりやたらと多く、いまも冬野菜が十五種類ほどできている。市販の有機肥料も使うが、家で出る生ゴミや落葉などは堆肥化して、すべてこの畑に入っている。

植物相手は黙々とできるので良い。植物は語らない。手をかければかけるほど結果が出て、私も無言でできるので楽しい。雑草を取ったり、手を取ってやったり間引きしたり、野菜や花の顔色を見ては追肥したり、これも夢中になってやっていると、不思議と頭は痛くならなかった。

黙々と作業してしゃべらないからだろう。主人が二回目の脳梗塞で倒れ寝たきりになったときも、無心になれるこの畑は私を支えてくれた。黙々とやって顔に触らないのだから、三叉神経痛は滅多に起こらなかった。畝を迂闊にぴょんと跳び越えるときぐらいだった。

また、不思議と歌を歌っているときに、三叉神経痛の一撃を食らった思い出はない。歌の途中で歌えなくなったという記憶もない。老人会のカラオケクラブに属して気が向くと参加していたが、歌えなくなった記憶はないのである。新しい歌にはついていけなくて、もっぱら懐かしのメロディばかり歌っているが、お腹や胸からの発声だからだろうか？

これも痛みが末期のときはカラオケもだめだった。

主人が亡くなってから、つまり三叉神経痛が手術で治ってから、四十代の頃熱中していた「詩吟」を復活させた。高校時代の漢文の時間に、先生が詩吟を詠ってくださった。朗々として聞き惚れてしまった。

それ以来漢詩が好きになってしまい、『新唐詩選』などを買って愛読するほど好きになったのであった。

いまは詩吟一本やりで、カラオケは歌っていない。若い頃は「段・級」を追っていたが、いまは趣味として吟じているので段をとったりしていない。ときどき一吟会や老人会の忘年会のクラブ発表に出るだけである。詩吟はお腹から声を出す。

もし、三叉神経痛がひどかった頃、詩吟をやっていたらどうだったろうと、いま頃になってふと考えることがある。

「俳句の会」

主人が五十六歳のとき一回目の脳梗塞で倒れ、左半身麻痺のまま復職して、六十三歳で退職した。そのときゴルフもできなくなった主人に何か没頭できる趣味がいると思った。

主人は、本屋通いばかりして家が傾くほどの本があり、読書は大好きであったが、大学時代に少しやっていたという俳句が良いと思い、私がお付き合いで仕方なく入っていた俳句の「みやず句会」にも入ってもらった。

主人はその頃一回目の脳梗塞が治って復職したばかりだったので、俳句は欠席投句で私が句会に短冊を持って行っていた。

「杉浦君のような人ほど結社に入ると、俳句が俳誌に活字になって載ってくるから励みになるよ」

と先生に勧められ、主人が先に結社「南風」に入った。その関係でもう一つの家から車で二十分ほどの「春日井市俳句作家会」にも入り、もし通えなくなったときのために、家から一番近い東部市民センターで作家会の先生に講座を開いていただいて「東雲句会」を立ち上げていただいた。

私は仕方なくお付き合いで始めた俳句であったが、車で主人を連れて行き、主人と一緒に私も三つも俳句の会に入ることとなり、現在まで続くようになった。二人で始めると旅行に行っても二人で俳句を競い合い、俳句の楽しさや奥深さにはまってしまった。

旅行のときに写真の説明を俳句で主人と二人で付けていくと、風景だけでは見えないところが俳句から想像できて浮かび上がってくる。アルバムの写真の説明は、みな二人の俳句になっていった。

何年かが過ぎて、「みやず句会」の先生がご高齢で亡くなられ、次に来ていただいた「俳句作家会」の先生も高齢で亡くなられた。

主人のほうが俳句は上手だったが、身体障害者であり言語障害もあり、教え方は私のほうが上手であったので引き継ぐことになってしまった。先生が格落ちしたことでベテラン会員が次々やめて減ってしまったが、「初心者講座」を開いたことで生徒数が増え、いまに至っている。その中の一人から「私の地区の老人の家でも俳句を教えてほしい」と言われて教えることになり、いまは四つの会に属している。

三叉神経痛がひどかった頃、句会の途中でときどき発作が起きて絶句してしまい、みんなも気配で察して痛みが去るのを待ってくださった。しゃべらなければ句会は進められないので、ときどき発作に見舞われたのである。ほんとにみんなに助けられ、いつもありがたく思っていた。

俳句の会とは三句ずつ持ち寄って、選句し合い、句について合評する。作った人の気持ちや選んだ人の受け取り方を合評し合って最後に先生が添削なさる。とにかくみんなが良くしゃべる。

私が生徒の頃は、必要最小限しかしゃべらないようにしていた。K代さんもそうだった。主人はとても楽しそうだったけれど、私とK代さんの二人は陰気だったと思う。でもみんなの話を聞いているだけでとても勉強になるし楽しかった。

困ったのは「風」だ。三叉神経痛持ちにとって、どんなときでも「風」は一番いけなかった。だから山登りの尾根歩きは、ひたすら下を向いて風を避けて歩いた。

俳句の会はたいてい公民館にある。公民館があるビルから出たときのビル風は強烈で、ドアを開けたとたん一撃され、慌てて中に戻って痛みが去るのを待ち、そっと後ろ向きに外へ出ることが多かった。

道を歩いていても強い風・冷たい風はどうしようもなく、向かい風が来るとくるりと後ろ向きになって歩いていた。

「東雲句会」のある東部市民センターの陸橋の上で風に一撃を食らって発作が起き、友達と一緒のときだったので驚かせてしまった。

自動車も黙って運転していれば発作は起こらなかった。ただ降りるとき、ドアを開けたとたん風にあおられて一撃を受けたり、車を降りてさっと立ち上がったときガーンと一撃されたことが何度もあった。

こうして旅行や趣味をやめることなく、三叉神経痛と仲良く付き合っていた。

民生委員とボランティア（小学校の図書補修ボランティアと、老人ホームのボランティア）は、主人が二回目脳梗塞で倒れたときやめさせていただいた。

いろんな趣味などに夢中になれることが私を助けてくれ、三叉神経痛と仲良く生きられたのである。でも仲良く生きられたのは平成二十七年頃までであった。

服用してきたいろいろな薬

再び病歴に戻る。「テグレトール」から「リボトリール」〈てんかん抑制剤〉に変わり、その「リボトリール」でひどい目に遭って「メチコバール」に薬は変わったところに戻る。

メチコバール（ビタミンB12末梢神経障害治療剤）〈平成十六年三月二十三日〉

「リボトリール」を服用するようになってから毎朝起き上がるときから、立ち居ふる舞いにも困る激痛にさいなまれ始めた。

ゆっくり時間をかけて効いてくると言われていたので我慢していたが、「薬を飲み始める前より何倍もひどいではないか」と我慢しきれなくなり、市民病院神経内科に飛び込んでから、薬は「メチコバール」に変わった。

「メチコバール」は、ビタミンB12系で末梢神経障害の治療剤であった。穏やかな薬だったせいか、とても良く効いて穏やかな日が七ヶ月間ほど続いた。先生の指示で血圧降下剤

「プロプレス」を中止する。
なお、三月末はまだ歯周病の治療が続いていた。親戚の歯科で切開手術を受けて、痛み止めを「クラビット」に替えて四月二十三日歯周病治療終了。
「メチコバール」に変わって休火山期に入り、この頃は精力的に山歩きや旅行に出かけた。青春18切符の使える時期でもあった。以下はそのときの俳句である。

十六年一月　熊野古道浜街道
東愛会

世界遺産間近き古道初歩き
冬残照影絵となりし礁《いくり》の鵜　（礁＝岩礁のこと）
浜古道地植えのアロエ花盛り
生活道急坂ばかり蜜柑熟る
歴史秘め朝霜置ける石畳

熊野古道には浜街道、つぶらと峠、小辺路などあって何回かに分けてほとんど歩いた。この浜街道は七里が浜の海岸沿いから見晴らしの良い高台を歩くコースである。

二月　会津旅行H旅行社
車椅子で参加

誇らかに杉玉掲げし酒家の春
志士墓にバレンタインのチョコレート

一般ツアーである。雪深い所は自由行動で、車椅子の主人と二人だけで街を散策した。

寒椿逆さ屏風の白刃の間　（武家屋敷西郷頼母邸）
天井画双龍炯々《けいけい》雪睨む

三月中頃　沖縄石垣島
車椅子団体旅行

長閑なり島唄流し水牛車
目刈時水牛どっぷりつかりをり
潮引きし星砂の浜風光る
赤屋根のシーサー屹《き》つとデイゴ咲く

国内最後の車椅子団体旅行で、水牛の引く舟の船頭さんの島唄や、エイサーを間近にみてその勇壮さや沖縄民謡踊りを何種か見て、沖縄に直に触れた気がして感動した。

九月　東北旅行
四泊の旅

秋の蝉消え入り奥入瀬水たぎる
船を追うごめに優しき秋入り日　（※ごめとはカモメこと）

H旅行社ツアー「フルムーン旅行」に車椅子で参加、立石寺では主人は添乗員さんと下で待っていた。新幹線で行ってからのバス旅行だったが、一緒の旅行者皆が親切で嬉しかった。金色堂が館の中に保護されていて外からは見えない。驚いた。主人の行かれない所へ私は行けて有難かった。

十七年二月　熱海　東愛会

御用邸松亭々と冬の濤

鎌倉アルプス

丸刈りの熱海梅林波打てり

皆海へ向きてアロエの花盛り

熱海に泊まって鎌倉アルプスに登った。この頃は三叉神経痛もまだ初期で、鎌倉アルプスは、標高は低いが岩山が続き休火山時であったので飛び降りても平気で楽しかった。

十七年四月　北海道

H旅行社「ミステリー旅行」

熊牧場虎視眈々と寒鳥

噴煙に赤肌さらし雪の有珠《うす》山

また吹雪く函館夜景潤みけり

漁り火ひとつ無き厳冬の函館湾

ミステリー旅行は北海道だった。雪がちらついたりしたが、主人も函館山にロープウェイで上らせてもらった。函館湾一〇〇万ドル夜景のきれいなこと、きれいなこと。

五月　奈良十津川村　吊り橋の真中に薫風欲しいまま

東愛会　山下りて癒やし足湯や風薫る

谷瀬《たにぜ》の吊り橋は「空中散歩」といわれるほど長くて高い、橋からの景色は絶景であった。二七九メートルもあるという橋は、ゆらゆら揺れてスリル満点であった。

七月　愛知万博車椅子

マンモスの眼窩《がんか》に魅入る梅雨晴れ間（眼窩＝頭の骸骨の眼の穴のこと）
ロボットの迎えし万博夏館
バリアフリー化一挙に夏の地球博
秋日和目指すはサツキとメイの家

車椅子の主人と行くと、どの館も別の入り口から優先的に入れてくださり、近かったので天候を見ては、二人で電車に乗ってよく出かけた。駅も万博会場もバリアフリー化でほんとに「愛・地球博」だと嬉しいかぎりであった。マンモスの全身をシベリア凍土から掘り起こして展示し、愛・地球博の目玉展示となっていた。

再発の繰り返しと薬の遍歴

①〜⑥はこの四年間に再発した数。・印は突発的に起こった原因のある爆発で一時的で

ひどかったもの。（B市民病院やX大病院へ送られる前の四年間）

① 七ヶ月目の再発〈平成十六年十月四日〉

七ヶ月間穏やかな日が続いていたが、また再発しひどくなった。「リボトリール」と「メチコバール」と併用したら、またまた前よりひどくなってしまって、結局「メチコバール」だけに戻った。

小康状態（休火山期）が続き、「メチコバール」もやめてみようということになったが、二週間もしないうちに、またまたひどくなり、「メチコバール」を再開。

三叉神経痛は良くなったり悪くなったり、一日として同じ日はない。でも、小康状態には変わりなく、顔に触らなければ痛くないという日が続いた。

平成十七年九月にまた耳下腺が両頬とも腫れてびっくり。何か関係あるのかな？

②一年三ヶ月ぶりの再発〈平成十八年一～二月〉

また激痛の大波が来た。立ち上がったときに瞬間的にドガーンと来た。

このとき、ちょうどおしゃべりサロンの新年会で、福祉の里でギタークラブを呼んで演奏をしていただいたのだが、司会するのにずいぶん苦労したことが忘れられない。

ご飯も一口食べるごとに痛かった。それでも主人と沖縄車椅子旅行が予約してあったのでおしゃべりサロンが終わった次の日、我慢して出かけた。旅行中、発作で困った覚えはない。食べる時は苦労した。

十八年一月　車椅子旅行沖縄

活火山期

今帰仁《なきじん》城見えず芽吹きし原生林
穂の凜と立ち枯れ凪のきび畑
物言わぬ墓碑るいるいと草萌ゆる
石灰林山蘇鉄に蝶の舞いきたる

摩文仁の丘へ行くバスの中でガイドさんの歌う「サトウキビ畑」の歌がしんみり身にしみて、いまでは私の愛唱歌となった。

活火山期の中の旅行の調子は悪かったが、帰ってから素人療法で枇杷の種酒を飲んでみたところ、しつこかったけれど治まった。あまり効かなくなった枇杷の種酒の効果かどうかわからなかったが、とにかく治まった。

その後しばらく小康状態。いつも診察に行くと「変わりません、同じです」と答えてくる。

十八年四月　藤原岳　東愛会

山裾に樹氷花咲く風の道

九月　おわら風の盆　東愛会

踊り手の項《うなじ》すっきり笠の下

夕立去り賑はうおわら町流し

飛び入りに膨らむ八尾《やつお》踊りの輪

老爺弾く胡弓身に入《し》むおわらの夜

休火山期

胡弓の音絶えてか細くちちろ鳴く

寝袋で野宿して風の盆を楽しんだ。真夜中まで踊りの連は次々と練り歩き、ついて歩いたり、飛び入りで一緒に踊ったり楽しい思い出だ。

次の朝一番列車で帰るときホームで踊って見送ってくださったのが忘れられない。

十月　大井川源流

東愛会

休火山期

山襞《ひだ》の翳《かげ》を濃くして照紅葉

登山者に鹿二声のエールかな

残照のダム湖を囲む紅葉山

紅葉谷巡る遊覧ヘリの音

これも静岡市かと思うほど深い山の中で、お天気も良くてこれこそ日本一の紅葉山と思うほど素晴らしかった。遊覧ヘリコプターの発着場があり、のんびりと音を立てながら大井川の源流を挟む紅葉山の空を回っていた。

③一年一ヶ月目の再発〈平成十九年二〜三月〉

再発。食べても痛いのは本当に困る。髪洗いも大丈夫かな、大丈夫かなと思いつつそっと洗う。顔は風呂の洗い場で泡で皮膚をこすらないよう洗い、湯をやさしくかけて洗い流し、ウエットティッシュでそっと押さえて拭くのみである。

顔に触らなければ痛くないとわかっていても、私は顔によく触る癖があるらしい。目をいじったり、鼻に触ったり、痒かったり、つい触ってしまってひどい目に遭っていた。

このときも、枇杷の種酒を飲んで痛みを和らげていた。ダイアリーのメモを見ると「今日は一日ふて寝する」とか「足元までふらつく」とか書いてある。

④三ヶ月目の再発「デパケン錠」に変わる〈平成十九年五月〉

また三叉神経痛がひどくなってA市民病院神経内科へ飛び込み診療。薬が変わって、てんかん・偏頭痛の薬「デパケン錠」を出してもらった。飛び込み診療は、予約診療じゃないので三時間くらい待たされて待つ間が痛くてつらかった。H先生の口癖は、「あんたはテグレトールが使えなかったからねー」だった。「デパケン錠」のまましばらく神経内科に通っているうちに、九月になって少し治まってきたので量を減らしていただいた。その後ずっと小康状態が続いた。

十九年一〜二月　中国上海・蘇州・杭州・紹興

H旅行社車椅子で参加

（一般のツアー）

休火山期

冬運河ライトアップのビルゆらぐ

春靄《もや》に墨絵のごとく浮かぶ塔

芽柳や藍染め干しの翻り

曲水に奏でる胡琴冬木の芽

上海技団若駒舞台駆け廻る

各地を巡り、中国の生活や歴史芸能に触れた。平成二年の北京西安以来の二回目の中国旅行である。せっかく中国まで来たのだからと何でも見たくてオプションも全部参加した。

十九年五月　河口湖　東愛会

明けの空湖畔つんざく雉の声
泰然と座して黄砂に潤む富士

富士山を間近に見たのは初めてでモーターボートが富士の影を乱して走っていて爆音の中、揺れる富士も情緒があった。

十九年八月　知床半島　招待旅行

単線の似合う最果て大花野
鹿害にうめく芽吹きの原生林

友と二人旅行。ルピナスの花盛りであった。たしか娘の訪問着を買った呉服屋さんの格安の招待旅行ツアーだった。お土産屋ばかり連れて行かれたので蟹やら襟巻きやらいっぱい土産を買ってしまった。

十九年十一月　アンコールワットH旅行社車椅子で参加

休火山期

ジャングルを影絵に南国冬茜
蜩やガジュマル覆いし遺跡群
睡蓮のお堀ワットの影落とす
四面仏像慈悲深く笑み冬岩山

上れないところ、車椅子で入れないところは添乗員が主人を見てくださった。それを見ていた女性の方が、主人の見られなかった所などを撮られたDVDを送ってくださった。こんな嬉しいことはなかった。主人と二人でゆっくり見させていただいた。どの旅行でもみなやさしくしてくださり、中には車椅子を押してくださった方もいた。押してくださる方は、大抵親を押した経験があると言っておられた。甘えてはいけないと思いつつ、つい甘えさせていただいた。

平成二十年三月二十日、風邪を引いたのか夜になって突然声が出なくなり、T医院で風邪薬を出してもらう。

⑤十ヶ月ぶりの風邪が引き金の大発作〈平成二十年三月二十一日〉

風邪を引いた次の日の明け方、起き上がろうとすると、ドカーンドカーンと頭をぶん殴られるような大発作が起き、しばらく起き上がれなかった。

寝ていて起き上がっただけなのに何で？　という大爆発だ。

風邪が引き金になったのだろうか？　風邪薬はいただいたばかりだったので静かに寝ていた。服を着ようとしても背中があちこち痛くて大変だった。背中の痛みは湿布薬を背中に貼りまくって、四日くらいで治ったが、まだ風邪も治りきっていなかったのでT医院へ診察に行った。

この活火山期は翌年の一月までときどき大爆発をしては十ヶ月間も続いた。

そのとき、T先生に三叉神経痛の話を聞いてもらったら、

「どんなときにひどくなるのか？　季節的なのか、気圧の関係か、潮の満ち干か、見極めてみなさい。体位も考えてみなさい」

とアドバイスをいただいた。

体位はだいたいわかっているつもりだけど、咳、くしゃみ、欠伸などみんな頭に響いて痛くて往生する。風邪も一つの引き金になることがはっきりわかった。

このときから風邪をひかない工夫というか、対策をすぐするようになった。喉がおかしいと思ったらすぐカリン酒を飲んで喉にカリン酒の膜を張る、つまり嗽《うがい》をするように飲むのである。夜寝る前も忘れないようにカリン酒を盃に半分くらい飲む。

体がぞみぞみっとして寒気がしたら、その寒気のした個所を乾布摩擦した後、温湿布などを貼って温める。ここ何年かこの方法で対処して、風邪で医者にかかったという記憶はない。主人もこの方法で、普通の風邪は引かなくなった。

・強風の一撃〈平成二十年四月十九日〉

俳句教室のある「レディアン春日井」は国道沿いに建っている。俳句の帰り、ビルのドアを開けて一歩出た途端、ビル風に一撃されてしまった。息もできないほどの痛みに襲われ慌ててビルに逃げ込み、少し治まってから車の中に逃げ込んだ。二十分間ほども治まらず、じっと車の中で痛みが通り過ぎるのを待った。

痛みが治まれば、車の中はしゃべらないし、触らないし、動かないし、食べないし、発作の起きることはまずないので安心して出発できた。これは単発的であったけれど強烈であった。単発的な激痛はときどき起こったりしたが、これは波ではなく原因のある痛みである。

⑥何をしても発作一日中〈平成二十年五月七日〉

起き上がって激痛、顔を洗って激痛、歯を磨いて激痛、ご飯を食べて激痛……。

ついに我慢できなくてA市民病院の神経内科で飛び込み診療を受ける。

「ロキソニン錠」を出してもらうが、症状は全然改善されない。一週間で「ロキソニン錠」をやめ、また「デパケン錠」を出してもらうよう病院に行った。H先生も「あんたはテグレトールが使えないからなー」と言いつつ困ってしまわれたらしい。そういえば、歯医者で抜糸したときも痛み止めの「ロキソニン」は効かなかった。

私に「ロキソニン」が合わないのを知らない先生は処方されてしまわれたのだろう。もう手術しかないと思われたか、脳神経外科に回されることになる（後述）。

この頃、痛みは瞬間的ではなくなってきた。一撃された後脈を打つようにずきん、ずきんと尾を引いていつまでも痛み、枇杷の種酒も効かなくなってしまった。

・駅の階段駆け下りて〈平成二十年四月二十七日〉

東愛会の山登りで、高野山に行った。いつものようにトンと飛び降りない限り、歩いている間に発作は起きない。高野山に一泊して楽しく歩いた。

帰りのことである。米原の駅で乗り換え時間が短くて、階段を駆け下りたら、ものすごい一撃を受け、息もできないくらいの痛みに襲われた。痛いまま汽車に飛び乗って、動き出してから二駅くらい口もきけなかった。同席の友達もびっくりして声もかけられなかったらしい。

痛みが去って「もう声かけてもいいよ」と言って、おしゃべりが始まった。快速列車だったので三十分以上の間だったと思うが忘れられない思い出だ。

深呼吸したりしてやっと止まった、というより激痛がスーッと消えてしまって、けろっとするものだから、一緒の箱に座っていた友人たちはびっくりしていた。

これは、階段を駆け下りるという原因があっての爆発であり、活火山中の原因のある大爆発である。

・椅子からサーッと立ち上がって〈平成二十年五月二十七日〉

東部市民センターで民生委員の福祉の講演会があり、終わってサッと立ち上がってガーンと一撃された。このときは腹式呼吸で止めたが。頭を抱え込んでしまって、動けない私に、連れがびっくりしておろおろしたのが思い出される。

東部市民センターには駐車場に渡る陸橋がある。民生委員会は、いつもここで月一回会議があったので、帰りにこの陸橋を渡って駐車場に行くのだが、白山連峰からの突風によく一撃された。ガーンとやられて車に逃げ込んだのもこの場所だ。

どちらも活火山中の、サーッと立ち上がるとか、風にビューンと一撃されたとか原因があって起こった一時的な大発作である。

二十年一月　花の寺〜嵐山　　蝋梅や京の町家の狭き庭

東愛会　　どんど用飾り積み上げ大社

休火山期　　苔寺や人寄せ付けず冬の木々

二月　南伊豆〜下田
東愛会

鈍色の雲を抱きて雪の富士
釣り宿の居並ぶ漁港冬カモメ
大皿にでんとマグロの兜焼き

民宿の夕食に兜焼きが出た。一同初めてで写真撮るのも忘れてつつき合って姿をくずしてしまい、「惜しいことしたね」と大笑いだった。

三月　熊野古道つぶらと峠
活火山期

野面積みの復元古道や坪すみれ
遠心力で回して作る干し秋刀魚

山の中を歩き始めるとフィトンチッドのせいか痛みが治まる。不思議だ。

四月　高野山　東愛会
活火山期

宿坊の夜寒写経に身を任す
春暁や勤行促す鉦響く
裏参道花屑敷きし石畳
シャクナゲや登山電車の窓の下

写経も早朝の勤行も初めてで身の引き締まる思いで参加し、その後精進料理をいただいた。胡麻豆腐の美味しかったこと。

この二十年という年はほとんど活火山期であったが、ときどき大きな爆発を起こしてはブツブツくすぶっていたらしい。実によく旅行に出かけている。

この頃に考えた対処方法

痛いところ（額・鼻・目尻など）に触ったり、ご飯を食べたりおやつを食べたりしても一撃され、痛みが長引きいつまでも痛みが続く。歯も磨けない。三十分も続くときがあって何とかならないかといろいろ試して、治める方法を発見した。

意識して頭に空気をいっぱい吸い込み、そのためた空気を、お腹に戻し息を止められるだけ止める。そうするとスーッと痛みが引いていった。腹式呼吸である。

良いことを発見した。少し頭痛と付き合いやすくなった。

ご飯が食べられなくては困ってしまうのでここで発想の転換をすることにした。

つまり、三十分も痛いならズキンズキンと痛い間に、涙を流しながらでも何もかも済ませてしまうことにした。ドカーンと一撃されたら、痛みを止めずに痛い間に何もかも済ませてしまうのである。

朝起きてガーンと来て痛みが始まったら痛い間に顔を洗い、歯を磨き、お化粧をし、髪の毛も整える。一口食べて痛くなったら、痛い間にご飯も、おやつも、果物も、涙を流しながらでも食べてしまう。苺一個でも、チョコレート一個でも下手するとお茶を飲んでも痛くなるのだから仕方がない。

何もかもし終わり、食べ終わったりしたら、ゆっくり大きく息を吸って、ゆっくり息をお腹に戻し、これを繰り返して痛みを止める。腹式呼吸をして痛みを止めるのである。幸い痛いのは頭であって、体は普通に動くし、涙を出しながら食べても味は良くわかって美味しい。間食は極力減らすようにしているのだが、つい手を出してしまってひどい目に遭ってしまう。

痛くないときはまったく痛くないので、ついうっかり手が出てしまうのだが、子どもたちが、ケーキを持ってきたりしてどうしても食べたいときは覚悟して食べ、食べ終わってからゆっくり腹式呼吸で止めるより仕方がなかった。

この頃、額の痛いところがピリピリ痛むようになった。ピリピリピリピリしてくると話をしただけでドカーンと痛みが襲う。ほんとに話ができなくては困ってしまう。俳句教室やふれあい会（リーダーだった）や、民生委員をしていたので、「ちょっと待って！ いま痛みを止めるから」と言っては待ってもらった。

本当に話さなければならない機会が多かったので困ってしまった。趣味もやめず、公共的なこともやめず、畑もやめず、体力作りもやめないで、仲良く三叉神経痛と付き合っているつもりであったが、一生こんなことでは困ってしまう。

⑤～⑥の間は特にひどく、痛い期間も二ヶ月も続いた。母のように呆けてしまったら対処できるだろうか？　私にもしものことがあったら、半身麻痺の主人はどうなってしまうのだろうと、眠れない夜はこんなことばかり考えて余計眠れなかった。

そんなとき、Ａ市民病院のＨ先生から電話があってびっくりした。ＭＲＩ検査を六月六日に予約したから受けるようにとの電話であった。そしてＭＲＩ検査をした。

A市民病院の脳神経外科に回される

MRI検査〈平成二十年六月六日〉

ここからは、メモ的に付けたダイアリーとお薬手帳から拾うことにする。

神経内科のH先生は、きっと神経内科では対処しきれないと思われたのだろう。手術を前提に脳神経外科にMRIの新しい写真を付けて回されるのだと思った。

きっと脳神経外科で手術になると思い、脳神経外科のK先生に「病歴書」を提出。もう病歴記録はいらないと思ったからこの日から病歴記録を残さなかったのではないだろうか？

ここからの記録は、「ダイアリーのメモ」をもとにして書き進めることにする。

五月・六月中は最悪、痛みの回数は毎日数えきれないとメモしてある。三叉神経痛関係は朱書きだが、ダイアリーは毎日真っ赤であった。

脳神経外科予約日〈平成二十年六月十一日〉

脳神経外科第一回診療日。主治医のK先生は、X大系の先生で初老の穏やかな先生であった。

車椅子の主人と長男が呼ばれて、手術はどんな方法で行うかとか、手術の成功率や万一の場合の後遺症、手術が成功すれば完全に治ること、ごくわずかな死亡例のことや説明を受けた。

「とても難しい手術だ」という言葉はなく、成功率（治る率）は七十%ぐらいと言われた。このインフォームドコンセントはよくわかって、主人も長男もこの先生ならと安心したという。私はひっきりなしに頭が痛いほうに気を取られて、主人と息子任せであまり詳しく聞いていなかったように思う。

「何かの拍子に、自然に治ってしまうこともないことはない」

これは聞き逃さなかった。いま思うと長い休火山が続くと私は、これを期待していたのではないだろうか？

MRIの白・黒の写真を見ながら圧迫個所とか説明されたが、私には見てもどこがどうなって、三叉神経がどこにあってということはまったくわからなかった。

手術が成功すれば、まったく痛みは嘘のように消えてしまうと言われた。三十分ぐらいの面談だったろうか、穏やかに話される先生の話に満足し、こちらからの話を聞いてもらったりして、この日は何を決めるのでなく、次の予約だけしてこのまま帰った。

ちょうど一回目の脳神経外科の診察日の一週間前、なんだかお腹が痛いなあと思っていたら左腹部に発疹が出て、チクチクピリピリする……。

この痛み方の状態から二回目の帯状疱疹に違いないと、A市民病院にかかる。やはり帯状疱疹で、塗り薬を出してもらって対処した。一回目と比べるとほんとに軽かった。脳神経外科の次回診察日にはすっかり治っていた。額の痛みがピリピリに変わったのはこの頃からであった。

脳神経外科第二回診療日〈平成二十年六月十八日〉

この期間もひどい状態で、痛みは引っ切りなしに起こり「デパケン錠」は四錠に変わった。

八ヶ岳の別荘へ。誰もいないのでしゃべらないと思って行ったのに、しゃべっても笑ってもいないのに発作が五回も起きた。
次の日も触りもしないのに、何もしないのに朝から晩まで痛くて最悪で、昼までふて寝したら少しだけ良くなっていった。

定期診療三回目〈平成二十年七月二日〉

ダイアリーの朱書きはずっと続いていて治まることなく、「デパケン錠」は一日六錠に変わる。朝昼夜と二錠ずつになった。

定期診療四回目〈平成二十年八月四日〉

血液検査異常なし。この頃、朱書きがない。小康状態、休火山期に入ったらしい。
この日も「デパケン錠」を一日六錠二ヶ月分出してもらう。

再発（休火山はたったの二週間）〈平成二十年八月十七日〉

また再発した。話している途中に痛みで絶句して話せなくなることがたびたび起こった。だんだん回数も増えて、一日中ピリピリピリピリして最高に悪い。薬なんか効かないじゃないかと思い始める。

八月末活火山期だったが、世界遺産に認定された石見銀山にどうしても行きたかった。東愛会で石見銀山・津和野へ旅行したとき、薬の量を間違えてしまい少なく持って行ってしまい、仕方なく一日二回に減らした。昼は薬抜き（二十三日から）にしたら、だんだん調子が良くなってきた。

薬は多すぎても少なすぎてもいけないようだ。それともまた好きなことをしたからだろうか？

二十年八月　石見銀山・津和野
東愛会

掘り尽くす銀山廃坑涼しかり
新涼や仄と灯ともす廃坑道
万緑や人影もなき鉱山町
夏の果て変体仮名の津和野駅

城下町夏日を返すなまこ壁

山中が、蟻の巣のように掘り尽くされて、うつろな廃抗となってしまっていた。海にも近く搬出も楽で銀は世界中に運ばれてしまったらしい。網の目のように掘り尽くされ日本にはもう銀も金も出ないと思うとさみしい気がした。何万人もいたという町には人影も見当たらなかった。

薬の量を間違えて持って行き、昼一回抜いてみたら痛みが治まったのは、このときである。

脳神経外科定期診療五回目〈平成二十年九月三日〉

津和野での薬の話をして「デパケン錠」は一日二回四錠に減らして、二ヶ月分出してもらった。すると減らしたことによって三叉神経痛は小康状態に入った。

ダイアリーには、朝昼はだめだが夕食は痛くないとか、夜一回も痛くないとか、歯を磨いても痛くないとか書いてある。朝起き上がるときは、あまりひどくはないが痛かったらしい。腹式呼吸で止めるとなっている。

薬は多くても少なくてもいけないらしい。

顔を洗うとき以外は歯を磨いても朝ご飯を食べても痛くない日が続く。小康状態に入ったようだ。

この休火山期の前半は、実によくあちこち行ったようだ。

木之本の山とか、青山高原とか、日彩会で福井の明通寺とかにも行っている。

二十年十月　飯田獅子舞
東愛会　休火山期

荒れ狂う獅子秋雨を吹き飛ばす
観客に秋波親獅子子供獅子
飯田インターリンゴ並木の迎えけり

二十年十一月　吉野山
東愛会　休火山期

ほら貝の山伏凜と秋の冷え
読経の高まり護摩の火秋空へ
桜紅葉舞ひて利休の池静か
薄霧やライトアップの塔潤む

黄色い衣装の山伏が勢揃いして金峰山寺までホラ貝を吹きながら歩き、山伏もすごければ、大護摩の火もすごい勢いで燃え上がった。大勢の人がこの儀式を取り囲み。私たちも一緒に見物した。

この休火山期の前半は、八ヶ岳の別荘にも何回か出かけた。絵の会は休まず、民生委員もやりこなして平穏な休火山期が続いた。休火山状態は、十ヶ月ほど続いた。

この間になぜか血圧が百七十七まで上がり血圧降下剤「ブロプレス」をT家庭医から出していただいて再開している

この休火山期の後半に、三叉神経痛どころじゃないことが起こる。主人が二回目の脳梗塞を起こしたのである。

主人の二回目脳梗塞

主人が胃ろうになった日〈平成二十一年一月二日〉

この休火山期の後半に、大事件が起きた。

主人が二回目の脳梗塞を起こして入院した。一回目で右脳を侵され、左半身麻痺の上に、今度は左脳を侵されて、嚥下障害・言語障害・右半身運動障害を起こしてしまい、立つことも座ることも寝返りを打つこともできず、寝たきり状態になってしまったのである。

スプーン一杯食べることも、飲むことも、しゃべることもできなくなり、意思疎通の方法がなくなってしまった。そして即「胃ろう」を施された。さまざまな障害の末に胃ろう状態となってしまい、自分のことより主人のことでてんてこ舞いであった。

右往左往しているうちに三叉神経痛はどこかへ吹っ飛んでしまった。

三叉神経痛の薬を飲むのも忘れてしまったのに、再発は起きなかったのである。A市民病院に定期検診に行った形跡もない。でも三叉神経痛は起こらなかった。

五月に「胃ろう」状態のまま主人を退院させ、介護保険の恩恵にあずかりながら、自宅介護が順調に歩き出すまで三叉神経痛はおとなしかった。神様のおかげとしか言いようがない。

主人に関しては、前著『自宅介護で「胃ろう」をやめた日』に詳しく書かせていただいた。

心電図消えて寒夜のＡＥＤ
リハビリ中眠りゆく夫春遠し
啓蟄や点滴立てて院の庭
病室の白き天井花は葉に

私は行動派だったので時間がなく、世間のニュースは新聞やテレビでしか吸収していなかった。

その上、新聞も、経済や政治や世界情勢など難しい記事は、見出しの拾い読みが多く、わからないことがあれば、ご飯のときなどに主人に何でも聞けばわかりやすく教えてくれていた。好きな本などは図書館で借りてでも読んでいたくせにとあきれてしまう。

ところが主人がこんな状態になってしまい、しゃべれないのだから、もう教えてもらうこともできなくなってしまった。

私は世間音痴になってしまうだろうと思い、主人の入院中付き添いながら読んでいた月刊誌を定期購読することにした。それ以来十数年間その月刊誌の愛読者となり、世間音痴にならなくて済んでいる。左寄りだったり、右寄りだったりせず、両面の記事が載っているので、自分で両面から物事を判断できて良いと愛読している。

現代のことも、過去のことも時宜を得て載っているので、皇室のことや歴史もわかってとても勉強になる。主人がだいぶ回復してきた頃から、私のほうから、

「あんなことが書いてあった」

と話すようになり、本も読めなくなってしまった主人は、

「かあさんが、雑誌を取ったのは正解だったね」

といつも言ってくれるようになっていた。

年を重ねて目も悪くなって、読んだ端から忘れてしまうと嘆きつつ、毎月月刊誌の届くのを楽しみに待っている。


主人が二回目脳梗塞で倒れて以来、民生委員・図書補修ボランティア・介護施設のボランティアなどをみなやめて、主人の介護に専念することにした。

自分の耀く場所も一つほしかったので、歩いて二分の老人いこいの家にある地区の社会福祉協議会の「おしゃべりサロン」の代表だけは残した。いまも続いている。

十ヶ月目に三叉神経痛再発〈平成二十一年七月十六日〉

主人が倒れて一年近くなりを潜めていた三叉神経痛が、この日の朝起き上がったとたん、ドカーンドカーンドカーンと三発も大きな発作が起き再発した。

根治してないのだから、いつ再発しても不思議ではない。毎日爆弾抱えているようなもので、爆発させないよう神経を使いながらの毎日であったのである。痛みの形は、いつも同じ状態とは限らない。活火山のように、エネルギーが溜まってくると爆発するようで、気をつけようがないともいえる。

今回は、ご飯は何とか食べられる。形態とか痛さが変わり、グーッと頭が締めつけられるような感じで、頭の血管の中を血液がいつも脈打って流れているように、絶え間なくズキンズキンと痛みが走りたまらない。

脈を打つごとく血流熱帯夜

どくだみの蔓延《はびこ》るままに身を任せ　大爆発噴煙やまず梅雨明《つ》け待つ

太極拳の会に呼吸法を覚えたくて入ったことは前に書いた。呼吸法より、鶴の舞のような優雅な型を覚えるのが主のようであったので、呼吸法はやはり気功かと頼んでいた気功のＤＶＤが宅配便で着いた。

テレビに映しながら毎日呼吸法の練習を始める。中腰ばかりで腰を定着させるのがなかなか難しい。一セットするのに四十分もかかった。でも少し良いような気がする。

この頃のダイアリーは主人のことばかりで埋まっていて、訪問リハビリ・訪問看護・訪問入浴・主人の病院通いに、「胃ろう」を普通食に戻すのに没頭したことばかりメモってある。三叉神経痛は、私の薬は、私の病院はどうしていたのだろうか？

十一月頃から天井裏にネズミが走り回ってゴソゴソ、ドドンドカーン、ゴソゴソとすごいとメモしてあった。私の頭のことかと勘違いしてしまうが、ネズミのことであった。

業者を呼んでネズミの入り口を探してもらったが結局わからなかった。しばらくして屋根を葺き替えたらねずみは出なくなった。あれやこれやで三叉神経痛のことを忘れるくらいいろんなことが起きた休火山期であった。

学習ネズミに振り回されし年の暮れ

主人のこと、私のこと、ネズミのことと、ばたばたした平成二十一年であった。

B市民病院脳神経外科を紹介される

静かな正月〈平成二十二年一月一日〉

元旦は雪の正月だった。主人はこんな状態だし、私は寒風にやられたらまた大爆発が起こるので、この年はお宮参りを中止した。

こんなことははじめてであった。主人の普通食に戻す嚥下訓練はだいぶ進み、軟らかいお節料理を選んで食べさせたとある。

去年の塵払うか雪の大旦《あした》
お節料理にこりと夫の初笑い

去年から十一月、一月、三月と二ヶ月おきにA市民病院脳神経外科にかかっていたが、小康状態だったからか、K先生からは手術の話は出なかった。

日記ではときどき「頭が痛くて眠れない」と出てくるから痛みは常時出ていたらしい。小康状態が続いたようである。どんなときに大爆発が起きるのかどうしてもわからない。

B市民病院脳神経外科の診察〈平成二十二年五月二十日〉

相変わらず三叉神経痛は一進一退。夜寝返りを打って痛くて目が覚めて、しばらく痛みが止まるのを待って寝直しをしたりしていた。昼間も、痛くならないよう神経をピリピリさせる毎日だった。

この日、K先生からB市民病院の脳神経外科のガンマーナイフ治療を紹介され、予約を取っていただいた。B市民病院のガンマーナイフ治療は愛知県の中でも一番進んでいるとのことだった。

夜、娘と孫がインターネットでガンマーナイフのことをいろいろ調べてくれた。以前、私が調べたこととあまり変わりはなかったが、B市民病院はガンマーナイフをいろいろな方面の治療で使い、力を入れているらしい。

でも、手術をしてくださるはずのK先生は、なぜ手術しないでガンマーナイフ治療を紹介されたのだろうと不審な気がした。ガンマーナイフは最後の手段のはずなのになぜ？という気がした。

十一時三十分の予約でB市民病院へ。長男についてもらって出かける。予約なのにとても混んでいて、十三時になってやっと診察の番が回ってきた。Y先生も疲れておられたのか、ずいぶん素っ気なかった。

紹介状と例の私の「三叉神経痛の病歴」を見せて説明したのだが、別に読みもせず、逆に質問をされた。

Y先生　「テグレトールは百ミリ飲んだのか？　二百ミリ飲んだのか？」

といきなり質問されたが、飲んだのはごく初期の一回きりのことで百ミリグラムか二百ミリグラムか覚えていなくて答えられない。

私　「？」

Y先生　「テグレトールの効かない人は、ガンマーナイフも効かないよ」

私　「すぐ効いたけど、発疹が出てしまって使えなかったんです。リボトリールで、もっとひどくなってしまいました」

Y先生　「テグレトール以外の薬は、どれも気休めにすぎないよ」
私　「血圧がときどき百八十くらいになるんですけど……」
Y先生　「今日はガンマーナイフの話できているのだから血圧は関係ない」
私　「主人が要介護五だから入院期間が短いほうがいいんですけど……」
私がそう言うと先生は何も答えなかった。
私　「神経ブロックは一度も受けていません」
Y先生　「ガンマーナイフは神経を焼くので、効かなかったときもう手術はできなくなってしまうよ。手術でもだめだった人や高齢で手術のできない人の最後の手段として神経を焼き切るガンマーナイフがある。まず手術だが、それでもガンマーナイフにするか、手術にするかここで決めなさい」
私　「手術にします」

そしてA市民病院に逆戻りした。

けんもほろろに追い返された感じで、息子は「こんなに待たせて、何だこれは」とものすごく怒っていたけれど、これは本当に正しい忠告であったのである。

後になって滋賀県の湖東記念病院で手術したときに、この話を聞いた執刀医の井上先生は「Y先生は良くわかっているね」とにっこりされたのである。

私は、このB市民病院の一回だけの診察で、Y先生に救われて何の副作用もなくいまがあると感謝している。

頭痛に効くハーブ茶〈平成二十二年六月二日〉

植物園のハーブ喫茶に入って、偶然見つけたバジル系の頭痛に効くハーブ茶を見つけて買ってきたのはこの日である。飲んでみたら前述のようにほんとに良く効いてびっくりした。飲んだ次の日の朝から痛みは消えてしまっていた。

三週間ぐらい飲み続けて、この間痛みはぴたりと止まり、ハーブ茶のおかげで天国にいる思いだった。ただ、前にも書いたが、これは一種の麻薬のようなもので、痛みを鎮めただけのことで、痛みを治すものではなかった。

ハーブ茶が効かなくなったときの反動はものすごかった。記録を見ると、一日にハーブ茶を二回にしてみたり、三回にしてみたり、寝る前も飲んで四回にしてみたり、効かなくなって三回に減らしてみたり、結局五十日ぐらいであきらめてハーブ茶はやめている。

試行錯誤〈平成二十二年六月二十八日〉

やめていたハーブ茶をまた朝晩二回飲んでみる。夜は良いが昼はしゃべれない。中止してみる。また反動が大きくなった。ハーブ茶を再開してみると少しは良い。こんな繰り返しであった。

そして枇杷の種酒を飲んでみたり、ハーブ茶を飲んでみたり、どうしたら痛みが治まるか何でもしてみた、手探り状態の期間であった。

B市民病院から追い返されてまたA市民病院に戻った。

再びA市民病院脳神経外科の診察日〈平成二十二年七月十四日〉

K先生からX大病院を紹介される。X大病院には、はっきり手術をするのが目的でK先生の知り合いというZ先生に紹介状を書いていただいた。

K先生から「手術するなら七十五歳までだよ」と送り出された。何故七十五歳までなのかは言われなかった。

MRI写真や、紹介状など、X大病院のZ先生に前もって送っていただいた。

手術の上手な最高学府X大病院へいざ！　期待で胸がはち切れんばかりであった。

でも、あんなに手術の話を細かくインフォームドコンセントをしてくださったA市民病院のK先生は、なぜ自分で手術をせずX大病院を紹介されたのだろうかという疑問は残った。しかしあこがれの最高学府X大病院なので、もうこの痛みからは解放されると思うと気分はルンルンであった。

最高学府　X大病院へ手術するために転院

X大病院の第一回診療日〈平成二十二年八月十八日〉

紹介されて担当医となったZ先生は、小柄なとても優しい目をした穏やかな話し方の先生で好感が持てた。

この初診察には、長男について行ってもらい二人で先生のお話を聞いたり、こちらからも「病歴記録」を持って行き、一部お渡ししていままでのことをお話ししたりし、この日はＭＲＩ検査の予約だけして帰った。

このとき「実際に手術を担当するのは、他の外科医が担当する」ということを言ってお られた。大きい病院は、分担制かと思っただけで深く聞くこともなかった。

新しく出された薬は「ノイロトロピン」で、帰りに病院のすぐ近くの薬局で出してもらって帰る。

この七月・八月の間は、一日として痛くない日はなく、十・二十・三十・四十でダイアリーは真っ赤であった。

薔薇の花初対面医師優しかり

薬に関しては、お薬手帳による。副作用が出た薬は、新しいお薬手帳に忘れないよう転写してある。私のお薬手帳は、効かない薬、つまり薬アレルギーの記録でもある。

コロナワクチンを打つときなど、問診で聞かれると手帳を見せている。

電車でMRI検査に　夜、突然三叉神経痛が消えた〈平成二十二年九月十日〉

MRI検査。八時十分の予約だったので電車で病院まで行って、MRI写真だけ撮って家に着いたら九時四十五分だった。

MRI検査をしたこの日の夜、不思議なことが起こった。

家に帰ってから、十四ヶ月間もひどい活火山状態だった三叉神経痛は、あれほど頑固に痛みが襲ってきていたのに、嘘のようにスーッと消えてしまって、どこかへ行ってしまったのである。

ピリピリも、ズキンズキンも、ドクンドクンも、ドカーンドカーンもすべて消えてしまったのである。活火山が一年二ヶ月間続いた後の突然の休火山であった。

私自身も嬉しいというより本当に驚いてしまった。私は治ってしまったのかと思ったくらいだった。

後から思うとあんなにひどい活火山状態だったので、エネルギーを吐き出し尽くして、休火山状態にスーッと入ったのではなかろうか。偶然に重なったのだと思える。

X大病院の第二回目診療日〈平成二十二年九月十五日〉

MRIの結果を聞きに行くと同時に、このことを話しに行く。

MRIの写真を見せられて、圧迫個所を説明されたが、私には見ても白黒写真で見分けがつかない。何が何やらわからなかった。

それよりも三叉神経痛が消えてしまったことに対して、Z先生も驚かれた。それで、「しばらく手術はしないで様子を見よう」ということになった。

Z先生の説明では、

「X大のMRIは方位磁石の十万倍の磁力があるので、たまにはこういうことも起こり得ます」

ということであった。また、

「X大に変わったとき出されたノイロトロピン（帯状疱疹の後などに使う疼痛抑制剤）の効果かな」

とも言われた。「ノイロトロピン」を飲み続け、平成二十三年二月まで五ヶ月間、小康状態が続いた。治ってしまったかなと思うくらい何も起らない日々が続いた。

いまから思うと、治ってしまったのでもない。MRIの効果でもない。薬のおかげでもない。ただただ、偶然に休火山期に入っただけであったのではなかろうか。

二ヶ月おきくらいに定期診療を受けながら二月九日の定期診療日までは休火山であった。

二月十二日に再発する。

やっぱり治っていなかったのである。

それなのに「様子を見ましょう」が足かけ八年も続いたのである。

後から思うと最高峰X大病院に来て、もう痛みから解放されるという安心感が働いた心理的な作用もあったのではないだろうか。

十月五日から太極拳を始める。

やっぱり治っていなかった

X大病院の定期診療〈平成二十三年二月九日〉

この日はまだ休火山状態だった。血液検査を受ける。

三日間だけの再爆発〈平成二十三年二月十二日・十三・十四日〉

七十一歳の誕生日、やっぱり治ったのではなかった。休火山に過ぎなかったのだ。朝起きてドカーン、頭上げられない。起き抜けは三十分も痛みが続くと記録にある。顔洗ってドカーン、服を着てドカーンときて、その度に治まるのに三十分もかかった、などなど。このときはあまり長く続かなかった。この三日間だけだった。薬はまだ残っている。

X大病院の定期診療〈平成二十三年四月十三日〉

この日も休火山だった。血液検査の結果は、いつものようにどの項目も＋－がなく百点満点で異常なしだった。二月の三日間だけの再発だが時間が長かった話をした。

五月、歯茎が膿んでしまって徳洲会病院口腔外科で切開手術を受けた。

私のアレルギー体質を聞いて、痛み止めの薬は「クラビット」、岐阜県の歯科医院に電話をかけさせて聞き対処し、点滴を打つ間もＣＣＵで観察させ、前の歯医者とは対応が違って安心感があった。平成二十二年九月から二十三年二月まで休火山。

二十二年十一月　笠置山　東愛会　豚汁や大岩ばかりの笠置山

標高一〇〇〇メートルあまりの山でただ登るばかり、一人がさっさと登ってしまった。山頂は風が強くて大きな岩ばかりで、岩陰で友が豚汁を作ってくれ一息ついた。日帰り登山だった。笠置山がこんなに岩ばかりの山頂とは驚いた。

二十三年一月　伊勢神宮参拝　渋滞の車横目に初歩行

色変えぬ松を見下ろし日章旗
水打てる玉砂利踏みて初詣

日帰り東愛会

本宮だけでなく、脇社も全部回ってからおかげ横丁を散策し、食べ歩きしたのも楽しい思い出である（どちらも休火山期）。

再発、小爆発〈平成二十三年八月九～十八日〉

十二日間だけの爆発で、すぐに小康状態に入った。痛さの程度は、十・二十までだった。

三ヶ月おきのX大病院定期診療〈平成二十三年九月九日〉

このときも休火山で、波は去っていた。十二日間だけ再発した話やら山登りの話やらをして帰った。

薬は、ノイロトロピンのままだった。二ヶ月おきに受診し、その後三ヶ月おきの受診となる。平成二十四年の十一月まで長い休火山期に入った。

なぜだか、定期診療日は、ほとんど休火山期であった。

二十三年一月　伊豆薩埵《さった》峠～天城越え
東愛会
休火山期

湾へだて桜冬芽に透ける富士
早梅や太平洋に沿う峠
内臓《ぬた》抜きし猪吊られたる宿の庭
踊り子の顔に顔出し凍て滝と

昨日、天城の民宿のある村では皆でイノシシ狩りをしたとか、必要分だけ持ち帰り、捕った残りのイノシシは軽トラ一杯山に埋めたとのこと。そんなにイノシシが多いかと驚いた。

『自宅介護で「胃ろう」をやめた日』の本執筆、発刊

この休火山の間に、前著『自宅介護で「胃ろう」をやめた日』の執筆を始める。はじめに定期購読している月刊誌社で見積もりを取った。その頃、テレビで幻冬舎の社長見城徹さんの感じの良い対談を聞いたことと、また本は、全国流通してくださる話を聞き、幻冬舎にお願いすることにした。

この本は全国の皆さんに役立てていただきたくて、全国に流布していただきたかったのである。幻冬舎はこれに応えてくださった。いまも文庫本として生き続けている。

本の初稿を送ると、いま話題のテーマだから出版するなら早いほうが良いということになった。幻冬舎ルネッサンス編集部のものすごい指導で、十月発刊を目標に、原稿の送り・返しが何度も続いた。
そして、本当に十月に本が発刊され、全国に出回る。重版を経て文庫本となり、いまも書店に出回っている。多くの方の役に立っていると思うと嬉しい。幻冬舎から出してよかったなと思っている。

ペン走る八岳《やつ》山荘の涼しさに
蛤の祝《ほぎ》を呟く良夜かな
重版の知らせに安堵栗おこわ

夢中で執筆したこのときの半年間は、本当に楽しかった。やはり、夢中になっているときは、三叉神経痛もなりを潜めてくれたようだ。
担当者の浅井理央さんも出来上がったとき、楽しかったと言ってくださった。

二十三年十月　柿其渓谷《かきぞれ》　東愛会　絶壁に鉄骨歩道滝巡り

木曽路の渓谷の中で特に美しいといわれる場所で、滝や瀬や淵が織りなし、藍色の水も美しかった。抜け出た山村には「野獣対策のため、犬を放し飼いしています」と立て札があった。

休火山期　秋冽の渕に魚の影ひとつ
　　　　　放犬で野獣対策峡の秋

X大病院転院後三回目の再発　『自宅介護で「胃ろう」をやめた日』の上梓を終えて〈平成二十四年十一月二十三日〉

本の執筆が終わって、出版記念のお祝い会も終え、テレビや新聞や雑誌の取材も受けたり、ばたばた騒ぎが終わった頃、それを待つかのように再発した。

なぜか、主人が二回目脳梗塞で倒れたときも、本の出版で夢中になっていたときも三叉神経痛は、一度も爆発しなかった。待ってくれたのである。何かに夢中になっているときは発作が起きないということは、精神的なことも関係するのかと思ってしまう。

絵を描いているとき、山登りしているとき、畑や花の世話しているとき、バドミントンしているときなど、夢中になっているときに発作はあまり起こらなかった。

ボランティアしているときや、会議をしているときや、俳句の会ではよく発作が起きた。しゃべるからであろう。

このときの発作は、あまりひどくなかった。十から始まり二十が二日、また十が続き二週間ほどで終わった。小康状態に入る。

二十四年一月　厳島神社弥山《みせん》登山

東愛会　休火山期

世界遺産の墨痕新し初社

初売りや清盛ブームに沸く参道

回廊の提灯映し初潮《うしお》

初凪や赤き影注す大鳥居

そそり立つ巨岩小さき冬の空

世界遺産になった厳島神社は、大河ドラマの「清盛」ブームもあって賑わっていた。鹿も人慣れして悠々と寝そべったりしている。

三月　伊豆韮山・葛城山

東愛会　休火山期

反射炉に歴史の重み下萌ゆる

地方色溢る吊り雛郷土館

うぐいすの声伴奏に峠越え

次の朝葛城山目指して出発。途中に弁当を買う店がなく、頂上の茶店もこんにゃくおでんしか売ってなくて、苦笑いするしかない昼食だった。

八月　富士宝永山登山　足下より雷雲雷鳴富士登山

東愛会　休火山期　富士山背《やませ》ガレ場の砂塵吹き飛ばす

富士登山は初めてで、こんなガレ場ばかりとは知らなかった。まっすぐに登れなくて横歩きで登った。登り下りする人の登山靴で起こる砂塵は舞うし、吹き下ろす風〈山背〉で砂嵐は起こるし、もう富士山はこりごりだ。

遠い手術

平成二十五年、一月・四月・七月と三ヶ月おきにX大病院受診。小康状態が続く。この時もみな休火山期だった。

X大病院に転院して四回目の再発は大爆発〈平成二十五年九月十一日〉

突如、この日起き抜けに大爆発を起こした。休火山期が長いと反動は大きい。十ヶ月ぶりの大爆発だった。

※十、二十、三十、四十、五十は、痛さの程度を表す。

いきなり三十から始まる。休火山期が長いと、反動は大きい。七・八日は四十、十四日まで三十。その後二十から十となり十九日に治まる。

■一日に起きた発作の回数

布団の中2／起床時2／洗顔時／朝ご飯を食べる5／欠伸・嚏をするたびに／喋るたびに／ビルの風／犬の散歩中／目鼻に触って／涙を拭いて／昼食・夕飯食べる間何回も／歯磨き中／寝返りして数回

痛さが変わってきた。頭が息をしているようなズキンズキンした痛さだ。一日中瞬きするたびに頭が呼吸しては爆発して、治まることがない。
一日に数え切れないくらい原因のある爆発が次の年の五月まで九ヶ月間も続いた。

X大病院飛び込み受診〈平成二十五年九月十七日〉

電話してX大病院に飛び込んだが、Z先生は待っていてくださった。
水分不足とのこと、スポーツドリンクを飲むよう指導を受ける。
薬はノイロトロピンのままである。一日に発作の起きた回数は数えきれない。
（114ページの表参照）
薬は効かなかったのにそのままだった。
太極拳は頭痛がひどいので休んだ。

X大病院定期診療〈平成二十五年九月二十五日〉

鍼灸をしてみたいと相談する。あまり良い顔をされなかった。

保険が使えないからだろうか、同じ病気で二つの病院では保険が使えないそうだ。その間どんなに発作がひどくても「手術」の「手」の字もZ先生の口からは一度も出なかった。私も「手術してください」と言わなかったから悪かったかもしれない。手術をするためにA市民病院から送られて、X大病院に来て、Z先生が「少し様子を見よう」と何も言い出されないのだからと、私も言い出さなかった。私は「手術しましょう」の言葉を待っていたのだが、主人のことを思うと「まだ先生から言われないからいいのかな?」と私からは何も言わなかった。

二十五年一月　熊野古道　東愛会
休火山期　一泊

伝説の壺湯極楽冷えし身に
巫女注ぐ屠蘇《とそ》かわらけに初社
冷え厳し白き湯気たて出湯川
水害の爪痕しるき冬古道

小栗判官物の照手姫が入って傷が治ったという壺湯に入った。薄暗い岩をくり抜いたような小さな壺型温泉で、照手姫を偲びつつ一人ずつ替わり合って入った。

五月　中山道　東愛会

もう十分なのに蕨を見過ごせず

休火山期　日帰り　　荷軽くと早めの昼食蕨山

行くところどころに蕨の宝庫があり、採りだしたらきりがないくらい、帰りのリュックは、蕨で満タンになってしまった。年齢の近いメンバーばかりで楽しかった。

六月　迫間《はさま》不動　東愛会　　滝荘厳蝋燭《ろうそく》洞の奥までも
休火山期　日帰り　　滴りし祠《ほこら》に誘う燭《しょく》数多

家内安全など願って、ろうそくを奉納するのだろうか？　洞の中が酸欠するくらいおびただしい数のろうそくが灯って並んでいる。美濃地方では信仰の拠点らしい。

十月　答志島《とおしじま》　日彩会　　海老アワビ満載答志島の秋
一泊　　山頂の首塚見下ろす秋の潮

十月は活火山最中。活火山期でも日彩会の一年一度の写生会なので、痛みは我慢して出かけた。絵を描いている間は黙っているのであまり発作は来ない。

一泊旅行のときは主人をショートステイに預け、日帰り旅行のときはデイサービスに預かっていただいた。

十二年目（平成二十六年）の混沌

X大病院定期診療〈平成二十六年一月二十八日・四月二十二日〉

一日中ピリピリしていて、エネルギーが溜まると爆発を繰り返していたが、九月のひどかったときのようなことはない。暖かくなるのを待つことにする。痛みがピリピリに変わり薬はノイロトロピンのまま。活火山期の診療であったが、手術の話は出ない。

三月中頃ショートステイに行っていた時、主人が誤嚥性肺炎を起こして入院する。私が甥の結婚式で東京に行っていた間のことで、飛んで帰った。三十日退院。この頃の入院は、コロナ禍のいまとは違って、朝昼晩、食事時に病院に顔を出すことができた。

病院に任せるとベッドを六十度上げて食べさせるが、その体勢では嚥下がしにくかったので、必ず起こして車椅子に座らせて食事をさせるよう朝昼夕と病院に行っていた。

これは、「胃ろう」から普通食に戻すとき、この姿勢が一番良いことを発見したことによる。よく担当が変わる看護婦さんには頼みづらくて、車椅子に座らせて食事をさせるために三度三度病院に通った。病院が車で十分位で近かったから出来たことである。コロナの前だったので、こんなことも許され、幸せだった。

ベッドを六十度にした場合、元気な人でも食べにくいもので、特に嚥下障害のある人には食べ物が落ちて行きにくかった。

主人の入院で、行ったり来たりてんてこ舞いしている間は、三叉神経痛は一度も爆発せず、おとなしかった。やはり夢中になっているときに発作は起きないようである。

この間だけの半月間の休火山であった。

一段落するとまた再発〈平成二十六年六月九日〉

主人の肺炎での入院騒ぎが一段落してホッとした頃、少しおかしくなってきた。

太極拳をしているとき、ドカーンと大きな発作が二回、しゃがみ込んでしまったのでみんなを驚かせた。この日から頭痛はそれほどひどくないがひっきりなしで、バドミントンをやっているときでさえ二回発作が起きた。

十五日まで三十級がひっきりなしに続く。ゴミ出ししても、食べても、飲んでも、触っても、しゃべっても、咳も嚏《くしゃみ》も、何をしてもだめで、一日中寝たり起きたりごろごろしていた。寝ると痛みは消える。

午前中はピリピリ連続していて、エネルギーが溜まると爆発し、爆発するとしばらく良くなってまたピリピリが始まる。

人為的に爆発させることを思いつき、実行する。ピリピリし出したら、水を飲んで爆発させる。そして腹式呼吸で止める。そうするとしばらくの間良くなる。十、二十状態で六月末まで続いた。


七月二日～五日まで最悪。このとき別荘に来ていたが、夜が最高に悪かった。夜中に発作が起きると毎晩三時間～五時間くらいの間じんじん痛くて寝られない。何度も起きては深呼吸して痛みを止める繰り返しであった。痛みの回数は、呼吸の数より多い。

夜のほうが何回も痛く時間も長いということは、昼と夜とが逆転したことになる。

朝六時半頃から眠ることができ、九時半頃起きる。というか頭が痛くなって目が覚めるといったほうがいい。

変わらない定期診療〈平成二十六年七月十六日〉

X大病院の定期診療、といっても顔色を見て、話を聞いて処方箋を書くだけ。そして薬をもらって帰る。Z先生に話を聞いてもらうだけだけど、優しい先生と話していると心が穏やかになる。この時も珍しく活火山期であった。でも「手術しましょう」の言葉はなかった。

このときZ先生は、

「水分補給して梅雨明けを待ちましょう」

「スポーツドリンクがいいよ。塩分も取れるからね」

「耳の前をぐっと押すと良いという人もいるよ」

とアドバイスをしてくださって、私の後ろに回り、頭を抱えて耳の前を指で押してくださった。

MRIを予約して帰る。

このときも活火山期真っ最中だったが、手術の手の字も出なかった。

何にもしなくて話だけを聞いてもらい、アドバイスを受けるだけの定期診察だから、毎回診察料は百四十円である。後は院外薬局で出してもらう薬代がかかる。

薬は変わらず「ノイロトロピン」を三ヶ月分出してもらい帰る。

家に帰って何度も耳の前を押してみたがこんなことでは痛みは治まらなかった。

何もしなければ……〈平成二十六年七月十九日〉

梅雨明け宣言がなされ、この頃から休火山期に、だんだん入っていった。

休火山といっても、触らなければ、食べなければ、しゃべらなければ……の段階に入っただけである。この休火山期は三ヶ月間もなかった。

MRI検査でX大病院で六回目の再発〈平成二十六年十月九日〉

MRI検査をしたら、前と違って余計にひどくなってしまった。日記帳に書ききれないのか「ひどい」「ひどい」が続く。

そして、回数は減ったが痛みの時間が長く三十分以上も続くようになる。芯が消えなくて、残っているような感じでいつまでも長く続く。

十月二十九日、バドミントンをしたらその間に、四~五回痛みが来たが、次の日から痛みの間隔が何秒台に変わったとある。

X大病院の定期診療〈平成二十六年十月二十二日〉

ＭＲＩ検査の報告。五年前とまったく変わりないとのこと。

十月九日から再発していたので、一日で一番ひどいときの痛みの回数を一覧表にして先生に見せた。先生との話し中も数回発作が起き、話せなくなった。

血液がズキンズキンと息をしているようで、ドクンドクンと流れるようでたまらない。なぜ爆発するかわからない。歩いていても突然に、水を飲んでも、下向いても、上向いても、眼鏡をかけても、夜寝ていても七分おきぐらいに痛い。

原因がないのに痛いのは本当に困ってしまう。

寝方を変えて夜座椅子を使って、頭を三十度くらい上げて寝たら三時ぐらいまで眠れるようになった。その話を先生にしたら、

「それは良い方法だね」

とほめてくださった。

でも、先生は「手術しましょう」と言われない。私も言わなかった。私が、

「鍼灸してみたらどうでしょうね？」

と又言ってみたが、良い顔はされなかった。

鍼灸へ〈平成二十六年十一月七日〉

藁にもすがる思いで自費で鍼灸に行ってみる。

鍼灸の先生は、

「良くなるという自信はないが……」

と言って施術してくださった。そして漢方薬を出してくださった。

鍼灸をしていただいたその日の夜、百回ぐらい痛みが走って体が凝ってしまい、湿布薬を体中貼りまくってしのいだ。

鍼灸は一回だけで懲りてやめてしまった。

X大定期診療　活火山期真最中《まっさいちゅう》　薬「アレビアチン」に変わる〈平成二十六年十一月十二日〉

鍼灸はだめだった話をZ先生に聞いてもらう。

Z先生も、

「鍼灸はやめたほうがいいね」

と言われた。薬、この日から「アレビアチン」に変わる。やはり薬を変えるだけで手術の手の字もでなかった。

「アレビアチン」を飲み始める〈平成二十六年十一月二十七日〉

薬を変えるということは、前の薬が切れるまでも同じ時間がかかるという。二週間で効いてくるとすると、前の薬が切れるのにも二週間かかるということであり、次の薬も長い時間がかかって効いてくるまでの間は、どんなに痛くてもがまんして待つしかない。

前の薬の切れる頃、指示により十一月二十七日より「アレビアチン」を飲み始めた。飲んでもすぐ効かないから効いてくるまで、額が緊張してひっきりなしにズキンズキンと痛み、血液が脈打つようにドクンドクンと流れてたまらない。目が落ちくぼんだとみんなが言った。

「アレビアチン」でまたまたアナフィラキシー

「アレビアチン」。これも抗てんかん剤である。

全然効かない。触るなどで痛みが走るのはわかるが、原因がなくても痛みが四六時中走るのとダブルパンチになった。なぜ痛むのかわからず、血管が脈打つようにひっきりなしにズキンズキンと痛む。効いてくるまで時間がかかっているのだろう。

この薬も、長い時間をかけて効き目が出てくると念を押されているので、我慢して飲み続けた。

嵐の前の静けさ〈平成二十六年十二月一日〉

午前中はだめだが、午後から少し薬が効き出して楽になってきた。このまま良くなっていくかと嬉しかった。ところが、それは嵐の前の静けさに過ぎなかった。

「目が落ちくぼんでいるよ」とみんなが言い、体がだるくて仕方がない。

結婚記念日の朝の異変〈平成二十六年十二月四日〉

顔に細かい発疹がいっぱい出たのか、顔中真っ赤に腫れ上がる。体中がポカポカして熱くて熱くて、体がだるくて仕方がない。まだこのときは何が起きたかわからなかった。奇しくもこの日は結婚記念日であったが、それどころではなかったのである。

薬疹で徳洲会夜間救急外来へ〈平成二十六年十二月五日〉

そのうち発疹は全身に広がって「薬疹」だと確信し、即「アレビアチン」を中止する。発疹が出てから、もう二日も経っていた。

主人は「背中にはまだ発疹出てないよ」と言う。

すぐ息子に電話して来てもらう。起きていられなくて布団に顔だけだしてくるまって布団からのぞいたら、真っ赤に腫れ上がった顔を見て息子夫婦がびっくり仰天し、すぐ徳洲会病院の夜間救急外来へ連れていってくれた。

窓口でお薬手帳を見せて、「アレビアチンの薬疹です！」と叫んだ。

徳洲会病院の処置は早かった。すぐインターネットで薬を調べられたようで、「プレドニン（ステロイド系薬）」の点滴が始まり、明け方に終わる頃には発疹は治まっていった。でも体中がだるくて仕方がない。頭の痛さも種類が変わってきたようだ。点滴が効いて治まったのでしばらく休んでから家に帰った。

次の日、次女が送迎してくれてまた徳洲会病院へ。「プレドニンと貯蔵の薬」の点滴を受けた。

徳洲会病院皮膚科へ〈平成二十六年十二月八日〉

病院の指示により、徳洲会病院の皮膚科へかかる。

点滴の代わりの薬プレドニゾロン一日二錠を六日分出してもらう。

X大定期診療〈平成二十六年十二月十日〉

徳洲会の診療が続いている途中にX大病院の定期診療が入っていた。

Z先生にこの顚末を報告し、「アレビアチン」をやめた話をした。

Z先生「X大でも対処できたのに……」

私「はじめ何やらわからなかったし、夜だったので……。それに先生の診療日（水曜日）じゃなかったし……」

Z先生「僕がいなくても、どの先生でも対処できたのに……」

私「……」

「テグレトール」が処方されたとき、A市民病院の神経内科のH先生からは、「発疹が出ることもある」とはっきり告げられた。

今回、「アレビアチン」を出すとき、医療最高峰X大病院のZ先生の口からは、発疹が出るとは、一言も言われていなかった。何も聞いていなかったから、何が起こったのかははじめわからなかった。

「長くかかって効いてくるから飲み続けなさい」としか聞いていなかった。

私は「テグレトール」で発疹が出て、一番の特効薬が使えなくて手探り状態なのに、発疹の出る薬を使うなんてとはらわたが煮えくり返り、黙ってしまったのだった。

インターネットで調べたら、はっきり「アレビアチン」はアナフィラキシーが出ることがあると書いてあった。しかもアナフィラキシーは手遅れになると内臓にまで広がって、命に関わるときもあるとも書いてある。

遠いX大病院まで、しかも夜に行けるわけがない。発疹が出てもう二日経っていた。手遅れになってしまっていたらどう責任を取られたのだろうか。

「アレビアチン」の効力が消えるまで薬は出ず、次の診察日を予約した。

徳洲会病院診療終わる〈平成二十六年十二月十三日〉

徳洲会皮膚科からの薬はプレドニゾロン一日一錠になり七日分出してもらってこの騒ぎは終了した。

頭の痛さは相変わらずで、なぜ痛むのかわからないが、ピリッピリッと引きつれるように激しく痛む。芯がなかなか取れないような感じで、いつも芯が残っている。

毎日朝起きるとき、どうしたら痛くならないかばかりを考えては、おそるおそる起きていた。ご飯食べるときも然りであった。

X大病院定期診療　薬が「デパケン錠」に〈平成二十六年十二月二十四日〉

体調が全然良くならない話をして、薬が「デパケン錠」と「ノイロトロピン」の二種類に変わる。「デパケン錠」は、以前にA市民病院で出された薬だ。
この日の夜から「デパケン錠」を飲み始めたら、ピリピリは取れないが少し良くて、暮れの大掃除をする気が出てきた。ひどくはないが頭痛はひっきりなしでお正月を迎えることになった。今回の活火山期は長く、二十六年の十月から二十七年三月まで六ヶ月間も続いた。まるで桜島の火山のようだった。

桜島噴煙絶えず冬の空

二十六年一月　淡路島へ東愛会
一泊

アカガシの囲む境内どんど焼き
潮風や水仙の香を巻き上げて
瀬戸内の潮風ぬくし枇杷の花
玉葱処苗売る無人直売所
冬ざれや地震断層覆う屋根

水仙郷は瀬戸内海に面した崖にあり、崖に沿って満開の水仙の中を散策できるよう径が巡らせてあって、散策路を歩くと、海からの風と水仙の香りが心地良かった。

たまねぎ畑が広がり、一月なのに無人苗売り場があり、五十本買ってきた。この頃は小康状態だった。

三月　東京　甥結婚式

彌生の美空チャペルの鐘渡る
黒光る小さき水車や梅の庭
囀りや羅漢頭上に降り注ぐ

椿山荘で甥の結婚式があった。さすが有名なだけに、お庭も広く池あり山あり花もあり、小鳥のさえずりも心地良く、三重の塔やそば屋もあって広くて素晴らしい。

この時、前述のショートステイで主人が気持ちが悪くなってベッドに寝かせていただいた時、何かが逆流したらしく誤嚥性肺炎を起こした。自分で寝返りが出来ないので起きた一種の事故といえる。

平成二十六年前半はまだ薬が効いてか良かったようだ。

十月　奈良天川村

痛み消すみたらい渓谷滝の音

一泊東愛会　右桧林左紅葉の長き尾根

活火山期　禁漁期岩魚犇めく橋の下

山里や山女魚づくしの宿の膳

手入れ良き間伐桧林秋日漏る

奈良天川村行きは活火山期の真っ最中で往きの列車の中はピリピリのし通しで、降りて滝が次々出てくるみたらい渓谷を歩き始めたら痛みがスーッと引いていった。フィトンチッドの効果か一番良い例の山登りだった。二日目のパノラマコースを入れて、約五万歩あった。これを期待して無理に出かけた山歩きでもあった。

帰りに汽車の乗り換えで階段を駆け下りて、ひどい目に遭ったのもこのときである。

長くなる活火山期

元旦から激痛〈平成二十七年一月一日〉

頭、痛すぎる。ずーっと夜寝られない。寝付いても頭痛で目が覚めてしまう。平成二十六年九月頃から活火山期が長引くようになってきた。

睡眠導入剤は毎日使っているが、目が覚めてしまったらもう寝られない。

昼間は暇さえあれば寝ている。昼間はよく寝られた。完全に昼夜逆転であった。

止まらない痛み〈平成二十七年一月九日〉

夜少し寝られた。一日中痛い時間のほうが長い。一旦痛みが来るとなかなか止まらなくなった。深呼吸しても何しても止まらなくて参った。

朝起き上がるときにまず爆発が起き、午前の間中どうして痛くなるのかわからないままに痛みがひっきりなしに走る。

薬を朝一回にしてみたり、夜一回にしてみたり、朝と夜二回にしてみたりと試行錯誤が続き、昼を抜いて朝と夜だけにしたら、少し落ち着いてきた。休火山に入ったのではない。

X大病院の定期診療〈平成二十七年一月二十一日〉

薬、また変わった。「エクセグラン（てんかん抑制剤大発作用）」に変わった。

ここまで来ても先生から手術の「手」の字も出なかった。手術をするためにX大病院に来たのが平成二十二年八月、「少し様子を見よう」と言われて五年、一度も「手術をしましょう」という言葉はなかった。

私から「手術してください」と言わなければいけなかったのだろうか。

二月十三日で私は七十五歳になる。

A市民病院のX大系K先生に言われていた七十五歳になる。

X大病院のZ先生からは、「七十五歳が近いから手術をしましょう」なんて一言もなかった。K先生の言葉がよぎったが私は何も言わなかった。

最後の薬「エクセグラン」〈平成二十七年一月二十三日〉

だんだん「エクセグラン」が効いてきた。まだ食事の食べ始めはダメである。

横綱の白鵬が三十三回目の優勝を果たした年で相撲大好きの私たち夫婦は観戦に熱中した。四日間だけの小康状態だった。

「異変」頭がおかしくなった〈平成二十七年一月二十五日〉

激痛は小康状態だったが、太極拳をするときに型の順番がわからなくなった。

出先で行くべき部屋がわからない。司会ができない。主人の眼鏡が壊れて眼鏡屋さんに行ったとき、自動車がどこを走っているのかわからない。主人が横で「右だ、左だ」と言ってくれて家にたどり着いた。

計算ができない。確定申告が作れない。おしゃべりサロンの当番表も予算表も作れない。歌もへたくそになってしまって歌えない。

囲碁で、主人の相手をしていてもめちゃくちゃになってしまって勝負にならなかった。

X大病院に飛び込み受診〈平成二十七年二月四日〉

この顛末を話したら先生は慌てて、脳梗塞を疑われた。ただちにCT検査を受ける。脳梗塞ではなかった。脳に異常はなかった。

私は、薬の副作用ではないかと思っていたのに、Z先生はこんなになってしまっても「エクセグランを飲み続けるよう」と言われる。どういうことだろうかと疑問に思った。

この間も痛みは相変わらず続いていて、こんなの昼夜逆転状態が三月の末まで続いた。

X大病院定期診療　昼夜逆転〈平成二十七年三月十一日〉

MRI検査と血液検査予約。『自宅介護で「胃ろう」をやめた日』の本をZ先生に一冊進呈する。

ずーっと夜に発作が起きて夜寝られない。睡眠導入剤を飲み続けているが、量を増やしても痛みが来ると目が覚めてしまう。昼間はうとうと眠れて、一日中暇さえあれば昼間寝ている。昼夜逆転である。

三叉神経痛の末期〈平成二十七年三月二十二日〉

朝、猛烈に痛んでいたのに、「畑に行ったらスーッと治った」とダイアリーに書いてある。

この日はこんにゃく芋を植えに行ったのである。

あんなにひどかったのに、このときから休火山状態に入ったらしい。

今回の活火山期はかなり長かった。五ヶ月くらい続いた。

待てば必ず休火山期に入るといっても、こう五ヶ月も活火山期が長くちゃたまらない。


こうして三叉神経痛の誰も経験してないと思われる十四年目を迎えたのであった。

私にはわからなかった末期、H先生も、K先生も、X大病院Z先生も教えてくれなかった末期、インターネットにも本にも載っていなかった末期、つまりいくら「三叉神経痛と仲良く」していても、だんだん活火山期と休火山期の期間の長さが逆転してくるという三叉神経痛の末期を迎えてしまったとしかいいようがない。

つまり、はじめは痛い時間は瞬間的、何秒台で痛くない時期（休火山期）のほうが長かった。インターネットに書いてあるとおりであった。

年月を重ねれば重ねるほど、痛い時期（活火山期）のほうが長くなり、休火山期が短くなっていく三叉神経痛の末期の末期を経験したのであった。

胃の不調〈平成二十七年三月二十五日〉

胃の調子が悪くて困る。

家庭医T医院で胃の薬を出してもらう。

T先生より「胃の薬を飲むより、胃の検査をしなければだめだ。胃カメラのあるお医者さんへ行って検査してもらいなさい」と言われた。

胃カメラ検査〈平成二十七年四月十三日〉

Kクリニックへ健康診断もかねて行く。

胃カメラの検査。はじめて鼻から管を入れて検査を受け、画像が目の前で写し出されて不思議な体験であった。

春日井市の健康診断も兼ねていたので、「大腸癌の検査・血液検査・心電図・ピロリ菌検査・C型肝炎検査もしましょう」といろいろしていただいて驚いてしまった。

胃カメラ検査は、まだ胃炎の段階だった。

その他の検査は統べて異常なしだった。

これも「エクセグラン」の仕業だろうとのことで、「良い薬があるよ」と一錠二週間分、胃薬「ネキシウムカプセル」を出していただいた。これ以来このカプセルは、X大病院でも毎回出ることになった。

血圧降下剤「ブロプレス」と睡眠導入剤「リスミー」は毎回出ている。

MRI検査と血液検査〈平成二十七年四月二十日〉

X大病院にてMRI検査・血液検査。

四月二十二日、検査結果は、五年前と同じ。どちらの検査も変わっていないという。

これでMRI検査はX大病院で三回受けたことになる。

Z先生の笑顔〈平成二十七年五月・六月・七月・八月〉

何も書いてないところを見るとエクセグラン効果か休火山状態が続いていたらしい。

Z先生は、いつも診察室から待合室まで迎えに出て来られて「良い顔色しているね」とぱっと明るい顔をされる。私の状態が、いつも気になって仕方なかったのだろう。

そんな先生を見ると、つい私も笑顔になってしまう。

この期に及んでも休火山期は来るようで、予測はまったく出来なかった。

激しい下痢〈平成二十七年九月十二日〉

激しい下痢で便所に行く以外は寝てばかりいた。熱三十八度、夜まで絶食。家庭医T医院にかかる。どうやら栗きんとんにあたったらしい。三叉神経痛の薬には関係なかった。二日切れただけの賞味期限切れの栗きんとんは怖い。

小康状態〈平成二十七年十二月九日〉

胃が悪くなるというアクシデントはあったが、「エクセグラン」が良く効いたのか、この休火山期は長かった。約十ヶ月間続いた。

だから先生も「手術しなさい」という言葉を忘れてしまわれるのだろうか？

十二月九日から一月二十七日まで二十日間ほどの再発。

再発しても「エクセグラン」を朝一錠夜一錠に増やしただけで、＋または二＋で食事もできるし、歯も磨けるし、夜も痛みがあっても軽くて眠ることができた。

薬を夜一錠に減らす。このままの状態で平成二十八年のお正月を迎えることができ、初詣も家族そろってできた。

初社真新《まさら》な国旗翻る

二十七年四月　天空の城竹田城

一泊東愛会

幻城《まぼろし》消しては流る春の雲

苔覆う石庭累々老桜

花堤より雲昇りゆく立雲峡

陽炎や石垣のみの城に立つ
穴太積石垣伸びて草萌ゆる

山裾には川が流れていて両岸は満開の桜並木が帯のように続き、堰堤《えんてい》の花の雲の上にある山頂に武田城址の石垣が続いている。ちょうど休火山期で、主人をショートステイに出しての参加である。

十月　日彩会　西明寺

国宝の塔浮き上がり照紅葉
団栗や掃く間も落ち来苔の庭
名刹や苔庭なべて鹿囲い

平成二十七年の写生旅行である。湖東三山の西明寺の三重塔など描いてきた。
このときがこんにゃく芋を植えに行った畑で突然休火山に入った時で九ヶ月弱の間の休火山期であった。主人にはショートステイに行ってもらった。

忍び寄る三叉神経痛の終末症状

X大病院定期診療へ〈平成二十八年一月・四月〉

昨年の十二月九日の夜寝ているときの再発は、十、二十、三十くらいでエクセグランを一錠飲んで一週間で治まった。

一月と四月に定期診療に行った。このときも小康状態が続く。定期診療で活火山期は大抵なかった。飛び込み診療のときだけ活火山であった。二~三ヶ月おきにある定期診療は、いつも休火山期に当たっていることが多かった。ということは先生は顔色のいい時ばかり見ていられたことになる。

顔色見て医師微笑めり初受診

いつもと違う二十四時間の痛み〈平成二十八年五月十一日〉

いつもと違うチクチクした頭痛が始まる。

「エクセグラン」を飲み続けているのに一日中痛い。二十四時間痛い。

エクセグランをやめてみたら、チクチク、ピリピリした帯状疱疹状のものがお臍の右側に出ている。かゆみ止めの薬を塗っていたら、帯状疱疹状のものは二十七日に治ると同時に頭のピリピリ痛いのも消えた。二十日間弱で治った。帯状疱疹の三回目となる。

単発的発作〈平成二十八年七月四日・五日〉

朝起き抜けに二十、三十が襲う。単発的で二日間で終わる。

X大病院の定期診療　しばしの休火山期〈平成二十八年七月十三日〉

約九ヶ月間あまり大爆発は起きず、触らなければ、しゃべらなければ、食べなければの小康状態が続いた。この日も休火山期であった。

いつも旅行の話やバドミントンやら体力作りやらのおしゃべりをして帰って来る。

X大病院の定期診療〈平成二十八年十月十二日〉

スポーツドリンクを夜寝る前に飲んで寝るとよく眠れることを発見した話をZ先生にする。Z先生は「それは良かったね」とにっこりされた。

この日も休火山期、先生は「エクセグラン」の薬効だと思われたに違いない。

二十八年一月　熊野古道中辺路
1泊東愛会

寒晴れや乙女寝姿とふ遠嶺
門ごとに迎う古道の藁人形
もてなしの石窯ピザや冬の宿
霜柱さくさく倒す登山靴

民宿の石窯で目の前で焼いていただいたピザは、とても美味しかった。おじさんのギター演奏もしんみりと身にしみて良い思い出だ。

三月　岩本山《いわもとやま》公園梅祭り

駅前通りふさぐがごとく雪の富士

日帰り東愛会

梅祭り蕊《しべ》のみ残る富士裾野
まなかいの富士に懸かりし花三分
磴《とう》百段なだらかにして藪椿

梅祭りに行ったのに暖冬で梅は咲き終わっていた。やはり静岡は暖かいようだ。富士駅に降り立った時、目抜き通りの果てはぱっと富士山が行く手を塞ぎ、思わず歓声を上げてしまった。すばらしかった。

平成二十八年一月から四月初めまで休火山であった。

十一月　小豆島　東愛会

石門に覗く一幅秋の景
かわらけの一差し舞へり秋の風
錦秋の絨毯《じゅうたん》広ぐ寒霞渓
紅葉且つ散る茅葺きの鐘撞き堂

寒霞渓《かんかけい》の「星ヶ城山」へは歩いて登り、帰りはロープウェイで下りた。一面紅葉の先は瀬戸内海が一望でき、絶景とはこういう景だと思うほど素晴らしい眺めであった。

平成二十八年七月から翌年四月中旬まで休火山、秋晴れの絶好の旅行だった。

八方塞がり

X大病院の定期診療　寝るための工夫〈平成二十九年一月二十五日〉

夜、痛みでよく眠れないとき、座椅子を敷布団に挿み、頭を三十度上げ寝ている話をしたら、Z先生に「それはいいね。正解だね」と言われた。

寝返り打ったりするたびに痛みが走り、目が覚めてしまう。座椅子の頭を三十度くらい上げて寝ると体もすっぽり収まり、寝返り打つこともなく眠れた。これでも休火山期である。休火山期といってもこんな状態で小康状態といった方が良い。

あれをしてみたり、これをしてみたりいろいろ自分で考えて、どうしたら頭が痛まないように寝られるか試行錯誤の日が続いていた。「こうしたらいいよ」と誰に言われたのでもなく、良さそうなことは何でもしてみたのである。

薬で抑えられているだけで、根本的には治ったのではない軽い休火山状態に入った。

B市民病院のY先生の言われるように、「テグレトール」以外の薬はみな、すべて気休めに過ぎないのだろう。Z先生にはわからないのだろうか？

二十九年二月　熊野古道　大辺路
最後の東愛会

早春や古道を繋ぐ渡し船
冬ざれや駅に廃校告ぐ掲示
過疎進む南紀に寄する冬怒濤
氾濫跡傾きし木に梅咲ける
廃村や空ろに炭焼き窯の口

大辺路は緩い傾斜の上り坂が十キロくらい続き、また下りが十キロくらい延々と続く。膝が笑ってしまって往生した。こんなとき若い人たちはものすごい速度で歩き、駅までも歩いて行かれた。私とOさんは、山を下りたところのバス停から駅までバスに乗って帰った。

この大辺路を最後に世代変わりした東愛会の若い方たちにはついていけないと、東愛会をやめさせていただいた。中高年だけの蕨やキノコを採ったり名所旧跡をのぞいてみたりする会ではなくなって、ただ歩くだけの会に逆戻りしたのである。

一回目主人が倒れたとき、介護するため体力作りのために入った山登りの会だったから、三十年ほど続いたことになる。リーダーがよかったので、ほんとに思い出深い楽しい会であった。

再大爆発〈平成二十九年四月十七日〉

起き抜けにドカーンドカーンドカーンと三発も、いきなり三十から始まった。エクセグラン増やしても次の日は四十でひどすぎる。

X大病院に飛び込み受診〈平成二十九年四月十九日〉

Z先生は、この日も「エクセグランを飲み続けるよう」としか言われない。

足元までふらついてきた。しゃべれない、食べられない、くしゃみをしても咳をしても、笑っても四十だ。それでも「エクセグランを飲み続けなさい」としか言われない。

おまけに風邪を引いたのか鼻声になり、ますますふらふらになった。

五月に入っても四十は続く。「エクセグラン」を朝一錠、夜一錠に増やす。

朝晩に増やしてから、二十になってきた。薬を飲んでいてもいなくても活火山期の爆発は続く（このときまだ私は、私にはもう飲ませる薬がないことを知らなかった）。

効かなくなってきた「エクセグラン」〈平成二十九年五月二十一日〉

主人がデイサービスで胃腸風邪を拾ってきたか、帰ってきてから猛烈な下痢が始まる。ひどくてひどくて夜は何回も急行列車で、看病に邁進しているうちに私に胃腸風邪が移ってしまった。夕方、徳洲会病院へ。点滴を四時間半受けた。夜も五回便所に走った。息子夫婦がご飯を作りに来てくれたが、今度は息子夫婦にも移ってしまった。

二十三日主人の下痢は止まった。

下痢が治っても、施設内で大流行しているのか、主人はデイサービスを断られ、二人で並んで寝ていた。

その間も一日中三叉神経痛の痛みは+で続き、「エクセグラン」も朝晩二錠飲み続けていて、二十六日ごろから痛みが二十になったと思ったら三十、四十となり夜中痛くてたまらない。

頭痛がズキンズキンと呼吸しているようだったので、起きて痛いところに湿布薬を貼ってみた。痛いながらしばらくスーッとして気持ちが良くホッとした。

三叉神経痛の果て〈平成二十九年五月二十七日〉

夜横になって左を向くと痛い。左に向けなくておかしい。次の日も、左を向くと痛くて眠れない。右を向いて寝ても痛みが走る。また次の日も夜どんどんひどくなってきた。ご飯も食べられなくなる。

朝起きると、頭で痛みが呼吸しているように、ドクンドクンと痛みが走る。痛みを止める→五～六秒でまた痛み始める→呼吸を止めて痛みを止める→五～六秒でまたドクンドクンと痛み始める。一日中この繰り返しだった。

X大病院に電話するが、Z先生がいらっしゃらない。仕方ないので予約だけ五月三十一日に取る。

その後、「エクセグラン」は、朝晩二錠、飲み続けていた。

薬飲んでいても、この状態では……。

薬飲んでいると、足元はふらふらする……。

薬飲んでいると、胃はすっきりしない……。

薬飲んでいると、口の中に苔が生えたみたいだ……。

薬飲んでいても、痛みは連続的に起こる……。

薬減らしても増やしても、この状態は変わらない。


五月二十六日頃から、どんどん痛みの程度がひどくなった。三十になり、四十、五十もある。五十ではたまらない。薬をやめてみた。

頭痛が呼吸している。やめても五～六秒ですぐ痛くなる。まったくとめられない痛みに夜は眠れず一睡もできない。

二日間だけ「エクセグラン」をやめてみたら余計ひどくなったようで、朝・昼・晩と「エクセグラン」の服用を復活してみた。薬をやめてみたり、増やしてみたり、いろいろ試行錯誤をして試してみてもまったく同じであった。まったく変わらない。

夜は横になると頭痛が始まるので座って寝る。昼二時頃になると少し痛みが和らいで、主人がデイサービスに行っている間に、主人のベッドの頭を三十度起こして仮眠することができた。

主人と私はいつも同じ六畳間の座敷で寝ていた。車椅子の関係上主人はベッド、私は布団をベッドの横の畳の上に敷いて寝ていた。

主人は要介護五で車椅子生活であり、ベッド二台は置けなかったので、主人のいないときだけベッドを使わせてもらった。前述の「昼間は寝られた」というのは、ベッドで頭のほうを上げて寝たからである。

やはり介護者は病人の側で休んだほうが、目が行き届いて良いと思っており、車椅子に乗せたりベッドに寝かせたりするときも、かなりのスペースがいるから六畳間では二台のベッドは置けなかったのである。


私がふらふら歩いていると、みんなが心配して、

「どうしたの？　どうしたの？」

と声をかけてくださる。栄養剤や果物を差し入れしてくださった友人もいる。ありがたかったがどうしようもなかった。


息子夫婦は心配して夕ご飯を作りに来てくれた。しゃべると痛いのだから、来てくれなくても……と思うのだが、心配で見ていられないらしい。

食事の用意をしてくれるのは本当に助かった。犬もいるし、散歩をさせてくれて助かった。

このとき、犬ミルクは十七歳近くの老犬であった。

息子夫婦は、「父さん、母さんどうなってしまうのだろう」といつも頭を痛めていたに違いない。

X大教授・Z先生の最後通告

X大病院最後の一ヶ月間〈平成二十九年五月三十一日〉

X大病院の受診に行って状況を説明した。するとZ先生は、
「エクセグランをやめたのがいけない。下痢で体力が消耗していてひどくなったのだから、薬を飲み続けて体力の回復を待つべきだった。飲み続けなさい！」
とすごくご機嫌が悪い。

私に言わせれば、飲んでも飲まなくても同じだったのでやめてみたり、飲んでみたり、増やしてみたりと、何とか痛みが軽くならないかと試行錯誤したのに……と悲しかった。

Z先生はひどくなったのは、まるで下痢のせいで薬のせいではないと言わんばかりだった。

以前も風邪が引き金になったことがあるので、あながち間違ってはいないと思うが、前述のように胃が悪くなったり、ふらついたり、口の中に苔が生えたようになったりする。薬のせいとしか思われないことが現に起きている。薬を飲み続けていても五十が続くよう

では、藁をもつかむ思いをなぜわかってもらえないのだろうか。

以前から薬の量を増やしてみたり、減らしてみたりしていたのだから二日間だけやめてみただけなのだが……。

そしてZ先生はこう続けた。最後通告だった。

「あなたには、エクセグラン以外もう出す薬がない！」

「年齢が七十五歳以上で、全身麻酔が効かないから、もう手術ができない！」

「あなたには、ガンマーナイフしか最後に残されていない！」

「ただ、ガンマーナイフは、副作用として顔面にしびれなどが残るけど……」

ガンマーナイフが最後の手段であることだけはご存じだったようだ。

私も調べまくって最後の手段だということは、知っている。

「しびれだけではないだろう。触感を司る神経を元から焼き切るのだから」と心の中で思った。

頭をガーンと殴られた感じだった。A市民病院K先生の「七十五歳」の訳が解った。

「何言ってるの！」という感じだったが声も出ない。

最後通告を言い渡すときのZ先生は、私の顔を正面から絶対見なかった。いつもの優しい先生とは打って変わって、氷のような冷たい顔だった。

このときの私は七十八歳だったが、七十五歳になる前に副作用が多くて、効きもしない「エクセグラン」を出し続けて、「『エクセグラン』を飲み続けなさい」としか言わなかった。私は「何年前からX大病院に通っていたの！ 足かけ八年も前からかかっていたのよ！ 手術を受ける為に来ていたのよ！ 七十五歳になるときも、何も言わなかったくせに！」と叫びたかった。Z先生も「七十五歳」をご存じだったのだ。


私のX大信仰はここに来てぷつんと断ち切れてしまった。


私は、平成二十二年、七十歳でX大病院に手術するために市民病院から送られた。いくらMRI検査でアクシデントが起きて、三叉神経痛が消えたとはいえ「様子を見ましょう」と言ったのは先生だ。「白紙に戻そう」と言ったのではない。

私には、三叉神経痛の終末がどうなるかとか、爆発の起き方とか、爆発のサイクルなどは想像もできない分野であった。

経験豊かな最高学府の教授Z先生ならば、三叉神経痛の終末がどういう経過を辿るかとか、活火山期と休火山期の起こり方などぐらいわかっていてもいいのに……。

Z先生もわかっていなかったのだろうか？

平成二十七年には七十五歳になった。それまでに活火山と休火山を何度も繰り返し起こしていたのに「手術しましょう」と一度も言われなかった。

薬を次々変えるばかりで、アナフィラキシーや脳梗塞みたいな症状を起こさせたり、胃炎を起こさせたりするばかりだった。

しかも、「この薬は長い期間かかってだんだん効いてくる」と言っては、痛みを我慢させて期待させ、長い期間（定期検診は二ヶ月ごとか、ちょっと調子が良いと三ヶ月ごと）の間、効果が出るまで飲み続けよということだ。

薬の実験台にしていたのだろうか？　新しい薬に変わるたびに、前の薬が切れてあとの薬の効果が出るまでに四～五週間はかかっていた。てんかん抑制剤は、ゆっくり効いてきて、薬が切れるのにも同じ時間がかかるという。

そして「もうすぐ七十五歳になるから、手術しましょう」とも言わず、七十五歳が過ぎるのを黙って待っていたのだろうか？

その間にＭＲＩ検査を三回している。圧迫個所は八年間全然変わっていなかった。だんだん悪くなっていったのではない。はじめから同じだったのだ。

はじめから三叉神経の圧迫場所が難しいところにあったので、手術が難しいと考え、七十五歳を過ぎるのをひたすら待っていられたのであろうか？

「七十五歳過ぎているから、もう手術はできない」とX大病院Z先生の口から出たということは、Z先生も、A市民病院のK先生のように「手術は七十五歳まえに」を知っていられたということだ。それでいて、一言も七十五歳になる前に言われなかった。


A市民病院のK先生も「手術すれば、九十五％くらいの確率で治る」と言いながら、B市民病院やX大病院に送られた。いまから思うと、K先生は自分には難しいと思われたのではなかろうか？


Z先生には、私の著書『自宅介護で「胃ろう」をやめた日』の本を一冊進呈している。先生から「良く書けてるね。よく頑張ってるね」とお言葉をいただいた。

体力作りに山登りやバドミントンなど続けていることは、折々の診察時の話題からも、本からもわかっていたはずだ。鬱になっていないことも見ればわかる。

一度も、ブロックしていないことは、先生が一番よく知っていられるはずだ。

痛みがひどいときは、発想の転換をして痛い間に何もかも涙出しながら済ませていた話もしている。特に食事は涙を流しながら取っていたので、体重も全然減っていなかった。

七十八歳といっても、普通の七十八歳とは違うと私は思っていた。先生もそう思っていらっしゃると思って手術を勧められないことに何の不思議も感じていなかった。

実際の年齢と体力年齢は、年齢にかかわらず個人差があることは、誰でも知っていることで、ましてや大学教授ならばわかりきっているはずじゃないか。

百歳でも元気なお年寄りがいれば、七十歳でも、よぼよぼの人がいることぐらい誰でも知っている。一律に七十五歳で線を引くのはおかしい。

手術の「手」の字も言わず、いたずらに七十五歳が過ぎるのを待って、「七十五歳を過ぎているから、全身麻酔できないから手術できない」などと、よく恥ずかしくもなく言えたものだと思った。

医者は一人一人の体力、病気の状態を見て、手術ができる状態か、できない状態か判断するべきだろう。一律に七十五歳で線を引きたいのなら、元気な老人は損をすることになる。元気な老人が損をする医学ってあるのだろうか？

私は何も反論もせず、かみつきもせず、頭をぶん殴られた感じで診察室を飛び出してしまっていた。頭の中が混乱してしまって、こんな状態で死を待つだけなのか？　これからどうしよう？　という思いで、いっぱいだった。

Z先生の「様子を見ましょう」の言葉に従って、「手術をしてください」と言わなかった私が悪かったのかという思いが、頭の中を駆け巡っていた。

薬局で「エクセグラン」を出してもらい、ふらふらしながら家に帰った。

この顛末を聞いて、要介護五の主人はどんなに心細い思いをしたことだろう。話すことも十分できず、私の介護で車椅子生活をしていた。頭はしっかりしていたから、全面的に私だけが頼りだったから……どんなにか胸がつぶれる思いだったろう。

主人は言葉もなかったらしく、黙っていた、

末期のひどい発作の中でやんちゃ言われると、「頭痛いのだから我慢してよ！」と怒ったりしたこともあった。言語障害があり、体幹機能障害もあって自分では立つことも座ることも、寝返り打つこともできなかった主人。特に車椅子に移動させるときによく痛みが走って私が怒ると、主人はシュンとしてしまって我慢してくれた。

何度も言うが、Ｚ先生はニコニコ仮面を被りながら、私が七十五歳を過ぎるのをひたすら待っていられたとしか思われない。

とにかく定期検診のたびに待合室まで呼びに来られ、「良い顔色しているね」と声をかけてはにっこりされていた。私もそんな優しい先生が大好きであった。

はじめのほうで書いたように、Ｘ大病院で手術を受け、三叉神経痛から解放され、生還されたＡ子さんのＸ大病院絶賛の手記を読んで、素晴らしい病院で手術を受けられると心から喜び、「手術しましょう」という言葉をひたすら待っていた。Ｘ大の先生を信頼して待っていた。

ここでＸ大信仰はプツンと切れてしまった。

なぜ自分から「手術してください」と言わず待っていたかということになるが、私と主人は八歳離れている。一回目脳梗塞のときは要介護二、二回目脳梗塞で要介護五となり、何度も病気の問屋みたいに入退院を繰り返し、死線を何度も乗り越えて、主人が私より長生きできるとは思っていなかった。

「主人を見送ったら、私の番だ」と常に思っていた。でもＺ先生から「手術しましょう」と言われればするつもりであった。X大病院へは手術するために転院してきたのだから当然である。

前にも書いたように、私は三度手術を覚悟している。X大病院に移ってからも先生から「手術しましょう」と言われるのを待っていた。言われない以上、「主人を見送ったら、私の手術の番だ」という思いは常に持っていた。

だから三叉神経痛と仲良くしようと思ったのである。主人の死を待っているようなことは絶対に口に出せなかった。

Z先生にこの思いを話したことは一度もない。

X大病院で最後通告されてから、つまり五月三十一日から、「あなたにはエクセグランしか残されていない。飲み続けなさい」と言われていたので、効きもしない「エクセグラン」を飲み続けた。飲み続けても、六月二十六日まで最悪の状態が続き、夜は座ってしか眠れなくなった。

五十、四十、たまには十や、二十もあるが、一日の中のほんの短い小休止でしかない。六十というときもあってひどい活火山状態が続いていた。

日記から抜粋〈平成二十九年五月二十九日頃〉

頭痛が呼吸している。止めても五～十秒でまた痛みの呼吸が始まる。夜寝られない。何をしても眠れない。湿布薬を頭に貼ってみると一瞬スーッと気持ちが良いだけ。

夜どんな姿勢を取っても、布団では一睡もできない。横になって寝ると横になっただけで痛みがズキンズキンと来る。

夜、長椅子にもたれて、足を伸ばして寝たら一回も起きず朝まで寝られた。でも起きたとき頭痛は残っていて、ご飯を食べるのが難しい。

夜ずっと座って寝ているが、それでも途中で目が覚めることがある。

朝から昼までひっきりなしで、十四時頃少し楽になり十になった。夕飯後からまただめで三十になってしまう。

座したまま眠る日続く短き夜

膝抱え胎児のごと寝る熱帯夜

夜も午前中も五十、午後こんにゃく芋を植えに畑に行ったら痛みを忘れていた。スーッと消えてしまっている。夢中になっていると忘れるらしい。不思議だ。

相変わらず夜は座って寝る。三時まで寝られた。

朝起きて立ち上がったら、一息ごとに頭がズキンズキンと呼吸している。庭仕事で草引を無心にしたら、痛みを忘れている。昼間は主人のベッドの頭を上げてぐっすり昼寝ができた。

「エクセグラン」を二錠ずつ飲んでいたら足りなくなってきた。

一錠に減らしたら調子が良くなり、二十になる。二十は五日間続いた。

また四十になり五十、六十となり、「エクセグラン」を又二錠に増やす。ちょっと良くなってはまた五十、六十になる。全然眠れない……の日ばかり続く。

ダイアリーには、「昼寝一～三時間」、「昼寝少しだけ」、「昼寝十時～十二時」とか、「四時～五時」とか書いてある。

こんな状態で手術もしてもらえず、副作用いっぱいの「エクセグラン」だけを飲み続けて狂い死にするのかと思うといたたまれない。たとえガンマーナイフをしてもらうにしても、B市民病院のほうがいいと思った。X大病院では絶対いやだと思った。

湖東記念病院を見つける・三叉神経痛が治った

真夜中のインターネット検索〈平成二十九年六月五日〉

夜眠れないままに、死ぬまでこんなでは困ってしまうと、寝たきり（車椅子生活）の主人はどうなるのだろうと思い、X大病院以外の病院を探そうとインターネットで探し始めた。十三年半前、三叉神経痛と診断された当時、インターネットで調べると三叉神経痛を根治するには手術しかないと書いてあった。手術でもだめだったときでも三叉神経を元から焼き切るガンマーナイフがあるが、この方法も未知の段階でわかっていないところが多いと、書いてあった。

このことはB市民病院のY先生も同じことを言っておられた。

なのに、X大病院のZ先生は、いたずらに私が七十五歳過ぎるのを待って、七十八歳になって最後通告をされた。

「手術はできない。だからガンマーナイフしか最後に残されていない」と言われた。

そして「ガンマーナイフは副作用が出るけれど……」とも言われた。


それで「ガンマーナイフの副作用」についてくわしく調べてみようと思ったのである。

「ガンマーナイフ」と入れて検索すると、「湖東記念病院滋賀ガンマーナイフセンター」というのが出てきた。開いてみると、一言もガンマーナイフには触れず、三叉神経痛の手術の成功例ばかりがカラー写真でいっぱい出てきて驚いてしまった。

メールのアドレスも書いてあった。早速メールを打つことにした。

眠れないまま湖東記念病院にメールを打つ〈平成二十九年六月五日〉

「前の病院の先生が言われるように、七十五歳以上ではもう手術ができないのか？」

「ガンマーナイフしか残されていないのか？」

「テグレトールで発疹が出て特効薬が使えなかった」

「手術に備えてブロックは一度もしていない」

「鬱になってもいない」

「手術に備えて食事はちゃんととり、痩せてもいない」

「いまは横になれなくて座って寝ている。四六時中発作が起きて昼夜逆転している」

「運動を欠かしたことはなく、手術に耐えうる体力作りはしている」

「一度検査をしていただけないでしょうか」

など、十五年間のあらましを長文のメールで送った。


メールを送った日の朝八時頃、電話が鳴った〈平成二十九年六月五日〉

湖東記念病院からの電話であった。あまりの早さにびっくりしてしまうと同時に心から反応の早さに感激し、嬉しかった。

藤原婦長さんからの電話で、すぐ井上卓郎先生に変わられ、いろいろ話を聞いていただいた。

井上先生は「八十歳の人も、九十歳の人も手術して全治している」とおっしゃり、「入院期間も一週間ぐらいだ」と言われ、X大病院とまるきり違っていた。

電話で話している間も、ときどき発作が起きて絶句したりした。

井上先生「すぐいらっしゃい。六月七日（水）の午後来られないか？　一人で来られるかね？　電車で来るなら八日市で降りて乗り換えて……」

私「ちょっと待ってください。息子と相談してみます」

私にはこんな状態なので、一人で知らないところへ電車を乗り換えて行く自信がなかったのである。

以前は、主人が運転できないので、私の運転で（リフトカー）高速でもどこでも主人を乗せてナビを使って走り回っていたが、いまはこんなひどい状態で自信が持てなかったからである。

幸い息子は自営業で「アトリエ繁建築設計事務所」をやっており、水曜日は平日であったが、「都合を付けて僕が連れて行く」と言ってくれた。

早速湖東記念病院に電話し、六月七日に予約を入れることができた。

息子夫婦は、「お母さんはどうなってしまうのだろう。父さんはどうなってしまうのだろう」ととても心を痛めていたので、早い対応をしてくれた。

病院の場所を調べたら、ちょうど名神高速道路に「湖東三山ＥＴＣ出口」ができたときだったのでスムーズに病院まで行き着くことができた。ＥＴＣ出口を出てから病院まで十分くらいだったろうか。息子が付き添って一緒に話を聞いてくれた。病院まで車で一時間半もかからなかった。

井上先生に会ったときの先生の第一声は「元気そうだね」だった。さぞ憔悴しきったガスガスの私を想像されていたのだろう。

青田の先古城の如きホスピタル

湖東記念病院脳神経外科　井上卓郎先生との出会い〈平成二十九年六月七日〉

ひっきりなしに痛みが押し寄せる状態で井上先生と面談した。

話を聞いた先生は、「必ず治してやる」、「そんなことという病院もあるのか……」とも言っておられた……。

X大病院のZ先生はいつもとても優しく話をよく聞いてくださり、診察に行くのが楽しかったから、メールにX大病院の名前を出していなかったからである。

湖東記念病院では、3D撮影で造影剤を入れて立体的に病巣をMRIで撮影し圧迫箇所を把握して手術に入るとのことであった。

井上先生はすぐに造影MRI検査の説明に入られ、造影剤の必要性や造影剤は何を使うか、それによる副作用は何があるか、造影MRI検査による重篤な副作用など説明され、私は「同意書」にサインした。色分けして造影剤を注入し圧迫場所などを正確に写真に撮った後、画像にするとのことであった。

造影剤の軽い副作用は、吐き気や、おう吐、かゆみ、発疹などで、〇・四%くらいの確率だという。

重篤な副作用は、呼吸困難・血圧低下・意識消失・痙攣など二十五〜四十五万例に一件、死亡例は百万人に一人だそうで、この中に入ったらよっぽど運が悪いのだろう。

私は頭がひっきりなしに痛くて都合の良いところばかり聞いていたかもしれないが、とにかく患者を怖がらせないような説明ばかりだった。

これに比べると、前述のX大病院で手術したA子さんの場合、副作用の危険性を何度もこれでもか、これでもかというほど聞かされ、「手術すると決めた自分の決断は、正しかったか」と何度も何度も迷い、入院するときは、家族宛に秘かに「遺書」をしたためて手術に臨んだと書いてあった。手術が成功したとき、遺書を破り捨てたとも書いてあった。私も手術の成功率がX大病院のように七十%と言われれば躊躇する。だからX大病院のZ先生から「様子を見ましょう」と言われ、「まだいいのか？　いいのかな？」と待ち続け、足かけ八年も待ってしまったのである。自分から「手術してください」と言わなかったのである。私は、間違っていたのだろうか？

湖東記念病院からは、先生の自信満々な説明や患者を怖がらせない先生の態度に勇気をいただき、○・四%や百万分の一に入ったらよっぽど運が悪かったのだと開き直っていられた。遺書など思いつきもしなかった。

その日のうちに、造影MRIの写真ができて、カドミウム製剤のきれいな四色カラーが浮き上がった写真を見せられた、先生にはよくわかったようだが、画像音痴の私にはやっぱりよくわからない。

画像をコンピュータで解析し、立体表示して正確な診断を得ることが第一歩との説明を受けた。手術は顕微鏡を用いながら行い、原因となる血管を数ミリ移動させて緩衝剤を挟んで圧迫を防いで、根本原因を取り除くとのことであった。

画像を解析した先生によると、

「三ヶ所圧迫しているところがあり一ヶ所は動脈を巻くようになっている。ここの圧迫個所を広げ、移動させて人工繊維布を挟んで再び圧迫しないようにする」

ということであった。また、

「耳の後ろの皮膚を三センチほど切開し、開頭して行います。ここまでわかれば、手術はもう八十パーセント成功だよ」

とも言われ嬉しくなった。

私が十五年前に調べたときは「スポンジ」を挟むと書いてあったが、「いまでは、スポンジは摩滅するので人工繊維テフロンに変わった」とのことであった。

手術日「七月五日、十一時四十五分」を予約してひとまず帰った。

つなぎの「エクセグラン」をもらいにX大病院へ〈平成二十九年六月二十日〉

手術日七月五日までのつなぎに「エクセグラン」を出していただくように、主治医Z先生の診察日でない「火曜日」にX大病院に行く。

どうせ顔を合わせても私からは、嫌みが出るか、けんかになるかに決まっているし、手術の話はしたくなかった。Z先生からは、「エクセグランを飲み続けなさい」と言われるだけと思ったので、顔を合わせないように火曜日に行った。

一連の「エクセグラン」「ブロプレス」「ネキシウムカプセル」「リスミー」の処方箋だけ出してもらって薬局に寄り薬を出してもらい帰った。

井上卓郎先生と福島孝徳先生

いままでの先生方とは違う井上先生の自信満々な態度に、「どうしてこんなに自信満々なのだろう」と思った息子が、どういう経歴の先生かとインターネットで調べてみてびっくりしてしまい、興奮して私に電話をかけてきた。

井上先生はすごい先生だったのである。

井上先生は、テレビに良く出られる有名な脳外科手術のエキスパート「福島孝徳先生」に師事して技術を習得されていたのだ。福島先生が日本に帰国され大きな手術をされるときは、そのブレーンの一人として難しい手術に携わり、脳外科手術はこれまで六千件以上経験したというエキスパートであられたのである。

井上先生のモットーは「手術は、人によって異なる」が信条で患者の年齢、合併疾患、状態、病気の進行具合など、個別に考える必要があると、提唱されておられる。

私は、まさしくこれに当てはまって救われたのであった。

ブロックはせず、三叉神経には傷を付けず、瘦せもせず、鬱にもならず、体力作りも忘れず、血液検査も＋－なし。最後には手術と決めてしてきた努力をわかってくださって、メールを見て年齢ではなく個人差として、いち早くわかってくださった。何と運が良かったことだろう。

福島孝徳先生は米国在住の世界的脳神経外科医であられ、「神の手」を持つといわれている名医である。

モットーは、「医療とは、患者に対しては常に愛する家族を診るつもりで取り組まなければならない」と言い、中枢神経疾患に対してはさまざまな角度からの治療法を提案されている。

そして「鍵穴式手術」の考案者として知られていられる。

三叉神経痛の手術は「微小血管減圧術」というそうで、十円玉くらいの小さな穴から圧迫している血管を探り出し、テフロン材を挟んで原因血管と神経を遮断する。

井上先生は、この福島先生のもとで研鑽を重ねられ、最小の皮膚切開と極小の開頭手術をマスターされた。脳神経外科のエキスパートとなられ、日本の名医ベスト・ドクターに何回も選ばれておられる。

手術では、事前の検査でMRI画像を医療用高性能コンピュータ上で3次元解析し、三叉神経の痛みの原因になっている圧迫血管を同定し、周辺を3次元表示で確認される。

3次元表示の3D写真により切開位置の決定と血管の位置を確認することによって正確で最小限の手術が可能になるという。手術は全身麻酔で行い、所要時間は三時間ほど。耳の後ろの皮膚を切開するが、十円玉くらいの開頭手術なので表皮の縫合も少なく、抜糸も簡単で早く退院できるのだそうだ。

これもX大病院の主治医のZ先生に、「あなたにはガンマーナイフしか残されていない」と言われ、ガンマーナイフの副作用について調べてみようと思って湖東記念病院を見つけられたからだとすれば複雑な気もするが、井上先生との出会いはこの一言を言ったZ先生のおかげかもしれない。

またまた奇跡！　三叉神経痛が消えた〈平成二十九年六月二十七日〉

またまた奇跡が起こった。この日の夜、何の前触れもなく三叉神経痛がサーッとどこかへ行ってしまったのだ。二ヶ月以上にわたる壮烈な活火山状態から、休火山期に入ったのである。まったく気まぐれな三叉神経で唖然とした。

「ここまで来ても休火山期は来るのか」という思いがした。これにX大病院のZ先生も淡い期待をかけ、私もこの休火山期にだまされ続けた気がしている。

何年も前からわかっていたことであるが、三叉神経痛と仲良くしようなんていうのは無理であることがはっきりした。なりを潜めただけなので、元は治っていないのだから必ずまた再発すると確信が持てる。

二ヶ月半ぶりの休火山期に手術をしていただくことになった。

主人はまだ不自由な体だが、車椅子生活で元気である。結局、私の手術のほうが先になってしまった。

一般的な三週間近い三叉神経痛の入院と違って、一週間の入院なら安心してショートステイに行ってもらえる。

長いショートステイに預けられる施設の人たちは、皆捨てられたような気分になるらしく、すぐ迎えに来てもらえる主人をいつもうらやましそうな目で見ていたと、帰ってくるたびに口癖のように言っていた。

一週間なら妄想の世界にも入らず、捨てられたような気分にもならないだろう。

やはり前のX大病院の一回目MRI検査のときや、今回のように「もうこの痛みから解放される」という何らかの精神的な安心感を得たときに、サーッと消えているような気がしてならない。

手術前日〈平成二十九年七月四日〉

手術の前日、四日午前十時に病院の井上先生の診療室に行く。

そこで六月二十七日にあんなに暴れ回っていた三叉神経痛が突然消えてしまったことを話した。

先生「手術どうする？　するかしないか自分で決めていいのだよ」

私　「手術してください。どうせまた再発するに決まっていますから」

十五年元を絶たねば竹似草

病室へ戻って、点滴を受けてうつらうつらする。

窓から湖東連山の見える病室は、二階二A病棟二一三号室だった。

くしくも二月十三日は私の誕生日で、同じ室番号。これは縁起が良い。きっと手術は成功すると思わせてくれた。

一日、五千四百円の個室である。短い入院だし、頭の手術だから静かにしていたいとラジオだけ持ち込み、テレビは借りなかった。衣類は上着とズボンを借りた。

長男の嫁はずっとこの部屋で付き添ってくれることになった。長男は仕事があるので名神高速を通ってくれるという。長女（中学教師）は家に泊まり込み、犬の世話とショートステイの主人の面会を引き受けてくれた。

病窓はるか湖東連山雲の峰

身長、体重、聴力を測り、レントゲン検査、血液検査、尿検査、肺機能検査、心電図、造影ＣＴ検査を受けて、井上先生から診療計画や、手術や造影ＣＴ検査のいろいろなリスクの説明を受けた。

造影CT検査と、手術の説明に対する同意書にサインして出した。

このCT検査も病気の状態をより正確に明らかにし治療をしやすくするためのものであるという。

手術にはいろいろなリスクが付きもので、だいたい造影MRI検査と同じような副作用があるとのことであった。ただMRI検査と違うところは、死亡率が十～二十万人に一人というところだろうか。

先生を全面的に信頼していたので質問することもなく、躊躇することもなく、もし万一のときは、よっぽど運が悪いと思って同意書にすぐサインした。

手術説明

「微小血管減圧術」という三叉神経を圧迫している血管を移動させて痛みを取り、人工繊維布を挟んで再び圧迫しないようにする。

合併症として、動脈損傷や小脳に傷が付いたり、全身麻酔で悪性高熱が出たり、肺梗塞が起きたりすることがごく稀にあるという。

術後に聴力が低下することがあり、確率は高く約二十%といわれている。投薬で軽快することもある。

耳の後ろを三センチほど切開して、開頭し手術を行う。十円玉ぐらいの穴から行う手術を鍵穴手術といい、福島先生のグループだけができる手術だそうだ。

鬼手仏心名医に委ね大賀蓮

夕方お風呂に入り、明日の手術に備え、手術場所の髪を剃った。特に耳の周りをきれいに洗うよう言われる。

術前や超念入りに髪洗う

ありがたくも休火山期の手術となった。これも神様の思し召しだろうか？

手術当日〈平成二十九年七月五日〉

朝、麻酔科の先生が見えてサインしたことを覚えている。

担架に乗せられることもなく、自分で歩いて手術室に入る。息子に言わせると、「じゃー、行ってくるね」と手を振って、手術室まですたすた歩いて行ったという。

足がむくまないためにか、肺血栓症を起こさないためにか、足の付け根まである黒い長い靴下のようなものを履いた。足の筋肉がぐっと締め付けられるようだ。

そして全身麻酔が打たれ、それからのことはまったく覚えていない。

「杉浦さん！　杉浦さん聞こえますか！」で目が覚める。

「手術終わりましたよ！」も遠くのほうに聞こえた。

「えっ　もう終わったの！」

これが私の第一声だったと息子が言っている。

麻酔一瞬三時間とは夏の闇

しばらく手術室で休んでうとうとし、一日で病室に帰った。痛み止めを処方してもらったからか、睡眠薬でも使われたのか、夜はぐっすり眠れた。何の記憶も記録も残っていない。

当初はふらふらしてよく歩けなかったという。

先生は、「三叉神経は、三半規管に繋がる神経だからはじめはふらふらするがすぐに治るよ」とのこと。その通り、三日ほどで歩けるようになった。

頭は、一日目以外はしっかりしてきて、毎日日記俳句をいつも考えていたように思う。

（朝、目が覚めて）　**痛みでも別種の痛み半夏生**

声かくるナース爽やか滋賀なまり

ゆっくり静養したいので来なくてもいいというのに、次の日に大阪から「私が一番近いのだから兄弟代表です」と言って妹夫婦が見舞いに来た。

また、子どもたちが顔を出したり、義弟や義妹も兄弟代表だといって見舞いに来たり、結構賑やかな病室だった。来てくれれば嬉しいけれど、少し迷惑でもあったかかな。

誰にも「来ないで」と言ってあったのに……。

X大病院で手術したA子さんのように顔がパンパンに腫れ上がったり、目の周りが内出血して顔全体が赤黒くなったという症状はなかった。また、ゲボゲボ吐いたり、熱が出たり、食欲が全然なかったりということも私にはまったくなかった。痺れるということも全然なかった。鎮痛剤のせいか痛くて、痛くてということもなかった。子どもたちも「手術の次の日から普通の顔をしていた」と言っている。

ショートステイに行ってもらった主人と、犬の世話係だった長女も婿さんとともに日曜日に来てくれて、主人と犬の話ばかりしていた。手術の成功を聞いた主人は顔をくしゃくしゃにして男泣きに泣いていたという。どんなに心細かったことだろう。

七夕や夫《つま》の涙を聞きポロリ

痛み止めの薬「ロキソプロフェン錠」が良く効いてか、順調に回復して七月八日抜糸していただいた。先生は毎日四回ぐらい顔を出してくださっていた。

私がせっせと俳句作っているのを見て、

「頭は大丈夫だね、異常ないねー」とにっこりされた。看護婦さんたちにも俳句は珍しかったらしく、半紙に墨で書いて十首ばかり渡したら、額に入れてナースステーションの前に飾ってくださった。

井上先生は、

「元を絶たねば！　かー」

と、にっこりされ、また、

「耳は大丈夫のようだねー」

と言われて病室を出て行かれた。

看護婦さんたちは、はじめ「京なまり」で作っていた俳句に対して「京なまりではない」と言う。「滋賀なまり」に変えた。


A子さんの手記によると、術後は頭にターバンのようなものを巻き、その下の髪の毛が固まっていたという。抜糸して髪の毛を洗ってみたら、血液で髪が固まっていたのだそうだ。洗っても、洗っても洗面器の水に固まっていた血液が溶けて何度洗っても真っ赤になったと書いてある。

私にそんな覚えはない。ターバンを巻いた覚えもない。血液がそんなにこぼれなかったのだろう。傷があるのだから何かをしていたことは確かで、ガーゼを当てて絆創膏を貼っていた気がするが、包帯をぐるぐる巻いていたという記憶もない。覚えていないのである。付き添ってくれた嫁も、ターバンはしてなかったといっている。

退院〈平成二十九年七月十日〉

まだ洞穴の中にいるように、声が少しくぐもった感じで、頭も叩くと空き缶を叩くような感じはしていたが、許可が下りて退院した。

一週間の入院で退院できた。A子さんは、X大病院で二十一日間も入院されたという。術後検診も何回もされたという。私は一週間で退院できた。術後検診は、一回だけだった。井上先生のおっしゃったとおりであった。ありがたくて言葉に表せない。

別れ際に、先生と息子夫婦と四人で記念写真を撮らせていただいた。宝物である。

会計八万八千円（A子さんの手記の金額を知っていたので、間違っているのではないかと思うほどの金額で驚いた）の支払いを済ませ息子の車で病院を後にした。この入院費用の安さは入院期間が短かっただけではないと思う。痛み止めの「ロキソプロフェン錠」三十回分出していただいて退院したが、あまりこの痛み止めを使わなかった。

壮快や痛み消え去り青田風

退院や蒼天掃くかに百日紅

その足でショートステイにいる主人を迎えに行った。

主人はとても嬉しそうに車椅子に乗って出てきた。主人が二回目脳梗塞で倒れてからずっとお世話になっていて、私の三叉神経痛もよく知ってくださっていたショートステイ施設の職員の方々も手術の成功をとても喜んでくださった。

白内障手術の予約〈平成二十九年七月十日〉

二月の誕生日が来ると車の免許の書き換えがある。私はだんだん近視になってくるタイプの白内障であったので、眼科の先生から早く手術をするよう何度も言われ続けていた。でも三叉神経痛で痛くって顔に触れないのだから、手術を延ばし延ばしにしていた。だが、手術をして三叉神経痛が治ってもう皮膚に触っても大丈夫になった。退院後のその足で、帰り道の途中にある眼科医院に寄ってもらい、白内障手術の予約をしてきた。

八月二十二日に右目、二十四日に左目の予約をした。これでもし眼鏡を作ることになっても運転免許証書き換えまでには十分時間があって大丈夫である。心配事がまた一つ消えた。

退院後、私のあまりの元気さに息子は驚いてしまったと言っている。

そしてその白内障手術も日帰り手術を選んだので入院することなく無事終わった。眼科の先生が重いものは持たないようにと言われるので、重い主人を抱きかかえて車椅子に乗せられない。主人にはその間五日間だけまたショートステイに行ってもらい、手術中は嫁と娘が交替で私の送り迎えをしてくれて、術後の検診は一人でバスで眼科に通った。

手術後の景色一変涼新た

退院一ヶ月検診〈平成二十九年八月四日〉

主人にも井上先生にお礼を言ってもらいたくて、車椅子に乗せて息子夫婦と四人で術後一ヶ月検診に行った。

この一ヶ月の間に、福島孝徳先生がアメリカから帰国された。井上先生が福島先生と一緒に拠点の病院を回って次々大きな手術に携われたドキュメンタリーがテレビで放映され、誇らしく思った話で盛り上がった。

頭の中をときどき水が流れるような音がすると電話で知らせてあったので、CTを撮っていただいた。井上先生は、

「耳も良く聞こえているし、何も心配ない」

と言われる。

脳は脳髄液に囲まれていて、手術のときその液が隙間に少し入ったとのこと。水が流れるような音がする原因がそれで、そのうち吸収されて音がしなくなるとのことであった。井上先生に、

「頭の中に、異物を入れたのだからいろんな音がするよ」

と言われていたが、ときどき「ごそっ」と音がするとこの音のことかなと思っている。

そして本当に知らないうちに水の音も「ごそっ」も消えていった。

それ以来、痛みは再発しないし、あの苦しみがまったく嘘の世界であったように快適に暮らしている。感謝してもし切れない。全く病気になる前の生活に戻ったのである。

その後、主人が亡くなったりして年賀状も出さなくなり、音信もしなくなってしまった。何千人もの先生の患者の中の一人でしかない私なので、忙しい先生に迷惑かけてもという思いもあってのことである。

三叉神経痛全快を喜んでくださった人たち

私の回復を一番喜んでくださった方は、家庭医のT先生であった。

「良かった、良かった。もう全然痛みは起こらないか？　手術跡を見せて」と言い、後ろへ回って手術跡に触ってみて、しきりに感心してカルテに「湖東記念病院」の名を書き込まれた。

その後も血圧降下剤をいただきに行くたび、T先生は「もうあれから痛まないか？」と心配したり、「良かったねー」と喜んでくださっている。

そして五年経ったいまでも、思い出したように「その後どうですか？」、「よく治ったねー」とにっこりされる。

次は通っていた美容院の先生であろう。私は少し天然パーマなのでカットだけに通っていたのだが、頭に触るときはおっかなびっくりであったと言われる。洗髪も怖くてできなかったと言われ、「三叉神経痛が治って良かった、良かった」と喜んでくださりいまは毎回洗髪もしていただいている。

いまは亡くなられてしまったが、おしゃべりサロンの仲間にM子さんがいた。彼女は脳腫瘍で、しかも小さな腫瘍が無数にできていて手術が不可能であった。どうしようもなくガンマーナイフで焼き切って治療を受けておられた。

彼女もインターネットで調べていられるうちに三叉神経痛にもガンマーナイフが使われ

ることを知り、三叉神経痛という病気がよくわかったようで、私の顔色を見てはどんな表情も見逃されなかった。

M子さんは、「いま痛いのでしょ?」と彼女まで一緒になって顔をしかめて心配してくださっていた。

彼女の癌のほうは待ってくれることはなく、苦しみながらの壮絶な最期であった。ガンマーナイフを何回くらい受けられたのだろうか? 後に残されるあまり元気でもないご主人のことを心配してばかりの最後であった。

その頃、私は民生委員をしていたので、亡くなられた後にご主人を施設に入れてあげることに奔走し、施設に入居していただいた。きっとM子さんは私の三叉神経痛が全快したことを草葉の陰で知って喜んでくださっているに違いないと思っている。

私は「おしゃべりサロン」のリーダーでもあった。三叉神経痛の活火山期がだんだん長くなるようになって、「もうリーダーは続けられない」と思うようになったとき、会員が二十三人もいるのだから誰かに替わっていただきかった。

誰も替わってくださらなくて、やっとの思いで後任者を決めたとき、後任のUさんから手紙が来た。何でもサポートするからリーダーはやめないでほしいというのである。「おしゃべりサロン」とは、地域の高齢者とのふれあい会で、月一回サロンを開き、ガーデニング・アートフラワー・落語会・講演会・音楽会・編物教室・百人一首大会などを社会福祉協議会の中の一つの活動として開いている。

私たちのおしゃべりサロンのリーダーは、リーダーであると同時に社会福祉協議会の役員であり、地区の福祉委員会のメンバーでもあり、市の連絡会の代表でもある。Uさんはそれを代わってサポートしてくださるというのであった。

仕方なくリーダーだけは引き受けた。話していてしゃべれなくなったときは、じっとみんなで治まるのを待ってくださった。

これが手術して全快したのだからみんながとても喜んでくださった。

私もいままでは、動けなくなったらみんなで考えてくださるだろうと、私の元気な証拠だと腹をくくってリーダーを続けている。

でも二十三人のほとんどが後期高齢者になって若い人は全然入ってこない。絵の会も、俳句の会も詩吟も銭太鼓も、若い人は全然入ってこない。バドミントンさえ然りで、たまにメンバーの子どもさん（ものすごく上手）が参加されるだけである。趣味の会はどうなってしまうのだろう。いまの若い方たちはどんな趣味をなさっていられるのだろうか。

以前の生活と比べて

手術後の私はまったく十余年前に戻った。顔もジャブジャブ洗えるし、痛みはまったくないし、ご飯も普通に食べられるようになった。夜もぐっすり寝られて、起きるときもサーッと起き上がれる。安心しておしゃべりもでき笑い転げられ、くしゃみや咳をこらえることもない。まったく十余年前に戻った。ときどき、井上先生の言われたように耳の奥でグググッと鈍い音がするくらいだろうか。

主人が三十一年間身体障害者で半身麻痺だったので、何もできなくて、どんなに頭が痛くても、家のこと庭のこと対外的なことすべて私がしていた。だから生活そのものは、いままでと変わったということはない。

ただ、私は「草」というものは「種をこぼしてはいけない、根から引かなければいけない」ということを長年徹底していたが、三叉神経痛の末期は徹底できなかった。これの回復、つまり種のこぼれてしまった草を引くのに一年かかった。四季折々まったく違った草が生えるからである。

三叉神経痛の間も趣味も生活も運動も何も変えなかったので、手術していただいて痛みが去ってからも何も変わらない。東愛会をやめたのはこの理由からではない。

いつ痛みがくるかとびくびくしないで生活できることは、大きな喜びである。神経を使わずに安穏な毎日を過ごすことができるようになって感謝々々で本当に嬉しい。この手記を書きながら以前の苦しみといまの平穏を思うにつけ、感謝の言葉しか出てこない。

もう一つ大きく変わったことは、病院通いがなくなったことである。いまはT家庭医に血圧降下剤を月一回出してもらうだけである。術後五年間、風邪を引いたこともない。三叉神経痛の間、風邪引かないよう対策してきたことが、いま役立っている。

その後の私・主人の死・黒柴「もも」

手術の翌年、平成三十年六月九日、八十八歳で主人が突然亡くなった。

朝ご飯ができてベッドの主人を起こしに行ったら、スースーと気持ちよさそうに寝ていたので、そのまま寝かせておこうと思って洗濯物を干しに行った。帰ってきたら亡くなっていた。ほんの十分ぐらいの間だった。

前の経験から心臓が止まるとすぐ血の気がなくなるのを何回も見てきていたから、顔色を見て血の気がなくて心臓が止まっているのがすぐわかり、すぐ119に通報し人工呼吸を一生懸命したが甦らなかった（そのとき私は心臓発作だと思っていた）。救急車が来て人工呼吸を交替し、すぐ病院に搬送されたが以前のように甦らなかった。ＡＥＤもだいぶ長い間やっていただいたが甦らなかった。

検死の結果、窒息死であった。気管支が全部真っ白に詰まっていたという。

主人は寝返りを打つこともできなかった。また涎《よだれ》を吸うこともできなかった。いつもたれっぱなしで涎を拭いてばかりいたので、寝ている間に涎が逆流したのだとすぐわかった。自分で寝返りが打てず窒息してしまったに違いない。

心臓発作とばかり思って人工呼吸しているときまだ温かかった。窒息死であったならやりようもあったのにとまた悔やまれてならない。

あまりにも突然の死で、いつかはこういう日が来ると覚悟はしているつもりだったが呆然としてしまった。「なぜあのとき朝ごはんで起こしに行ったにもかかわらず起こさなかったのだろう」といつまでも悔やまれて仕方がなかった。

お葬式も済ませ、主人の思い出のいっぱい詰まった家にいると、何を見ても何をしても涙ばかり出てしまうので、いままでしていたことを何もやめず、家にいないようにして乗り切った。皆はあきれていたかもしれないが、どこに立っても思い出ばかりの家にいられなかったのである。

その年の暮れからコロナ禍が始まった。

そして私もだいぶ落ち着いてきて「主人はほんとに幸せな人だった」と思えるようになった。

第一に、大好きな家で、しかもベッドの上で死ねたこと。

第二に、苦しみもせず瞬間的に死ねたこと。

第三に、お葬式は大勢の人に見送ってもらえたこと。

第四に、コロナの前で本当に良かったこと。

でも死に目に会えなかったことは悔やまれてならない。テレビなどで「ありがとう」って亡くなる人を見るにつけ、別れの言葉が、何もなかったなーと淋しく思われる。

黒南風に夫一瞬に掠われし
喪の家に夏至の三日月優しかり
俳句帳苞《つと》に浄土へ額の花　(苞＝みやげのこと)
履かれざる下駄も遺品や梅雨じめり
廃印となりし実印夏の雲

そのとき犬「ミルク」は、十七歳であった。犬も脳梗塞だったのか、くるくる回ってばかりだった。老犬介護が続いて十八歳半で翌々年二月始めに亡くなった。

この犬も壮絶でくるくる回ってばかりで体が曲がってしまい寝たきりになり、寝返りができなくなり、夜中に何度も悲鳴を上げるたびに起きて、寝返りさせてやった。

耳は聞こえず、目は見えず、匂いもわからず、口に食べ物を差し出してソーセージと間違えてか指をかみつかれたこともある。

でも最後まで食欲はあった。「食べなくなったらおしまいよ」とよく言われていたがそんなことはなく、真っ黒な宿便が出た翌日（二月六日）に亡くなった。

呆けし犬廻ってばかりで年暮るる

三重苦の老犬擦り寄る霜の朝

体位替えしては夢路へ春の老犬《いぬ》

逝きし犬夫と目見《まみ》ゆや寒昴

犬のお葬式を済ませたある日、息子が新しい犬を飼えという。私の年に十八歳を足したら百歳になってしまう。「飼えない」と言ったら「何で自分の死んだ後のことを心配するの?」と言って「母さんの死んだ後のことは僕らが心配すればいいんだ」と言って犬を買ってくれた。息子たちは、三十一年も主人を介護して、犬「ミルク」を二年半介護して私が「空の巣症候群」になってしまうと思ってのことだった。二月二十日、黒柴「もも」が家の子になる。

だからいまは黒柴の「ももちゃん」と暮らしている。そして「もも」の散歩からいっぱい元気をもらって足腰もしっかりしている。「もも」がいるから一人ではない。淋しくない。

犬の庭初霜かむるぬいぐるみ

犬「もも」と元気の源初散歩

主人が亡くなってどこへも出かけなくなってしまった。山登りの会はやめてしまったし、一人で旅行する気もない。外食はあまり好きではないし、コロナで出かけることも少なくなってしまった。ときどき子どもたちが旅行に連れて行ってくれるだけである。

国内も外国も無理して出かけておいて、本当に良かったと思っている。この本を書くに当たって、よくまあ、あちこちに行ったものだと我ながらあきれるくらい懐かしく走馬燈のように思い出される。

音楽会も観劇も映画もよく行ったが、これも主人がいたからよく出かけ、楽しかった。

一人ではつまらない。先日、娘と一緒に観劇に行ったが、耳が遠くなって聞きづらくて懲りてしまった。大きな声の俳優さんは補聴器はいらないが、優しい声の女の俳優さんの声は聞き取れない。補聴器をかけると、小声は聞こえるが、大声は耳が割れんばかりになる。補聴器なしだとみんなが笑うところで笑えなかったのである。

テレビでドラマや映画を見、テレビやＣＤで音楽を聴いたほうが良くなって、あまり出かけなくなってしまった。見たいドラマや歴史探訪のような好きな番組は全部二台のテレビにビデオで録画して見るようにしている。

ニュースだけは直に見るようにしているが、ビデオならコマーシャルは飛ばせるし、お客さまが来られたときなど一時停止にできるし、お手洗いにも行けるし。好きな時間に見られるからビデオは良い。

主人の世話がなくなって時間ができ、趣味に「銭太鼓」と「詩吟」が増えた。

山登り以外の趣味はやめていないのだから結構忙しい毎日を過ごしている。

おかげさまで五年が過ぎて三叉神経痛の後遺症はまったくないし、再発もまったくない。

あとがき

湖東記念病院に入院しているとき、私と同じように頭の耳の後ろに分厚いガーゼを止めた男の患者さんがいた。

奥さんから声をかけられて、

「三叉神経痛の手術なさったのですか？」

同病相憐れむというか、この病気で苦しんだ話で意気投合し、休憩室で一時間ぐらい次から次へとおしゃべりをした。

この方も、ある医大病院に長いことかかっていられたとか、やはり私と同じように自分の力でインターネットを使って探し、この湖東記念病院を見つけられたとのこと。とても医大病院のことを怒っておられ、私もX大病院のことを怒っていたのでここでも意気投合した。

そこで私も考えたのであるが、大学病院といえば、誰でも病院の最高峰だと思っている。その大学病院の先生が、「手術個所が難しい」、「失敗したくない」と判断されたとしたら、なぜ、外部の各分野を得意とする病院を紹介しないのだろうか？

沽券に関わるとでも思って紹介しないのだろうか？

「福島孝徳先生」が帰国なさったときの拠点病院は、全国に十三個所もあるという。

大学病院では大学病院のする大切な任務がある。大学病院で助かって喜んでいられる方は、いっぱいいらっしゃる。

Ａ市民病院のＫ先生は、たぶん難しいと思われてＢ市民病院を紹介され、Ｂ市民病院は「まず手術」とＡ市民病院に返された。Ａ市民病院のＫ先生は、たぶん自分では難しいと思われたのだろう、手術のできるところとして最高峰のＸ大病院を紹介された。

Ｘ大病院だけは、三回もＭＲＩを撮って手術個所を把握し確認しながら、手術が難しいと思われたのか、「できない」「難しい」とも言わず、いたずらに薬ばかり取り換え引き換えして手術を引き延ばされた。そして、「七十五歳を過ぎているから手術できない。あなたに効く薬はもうない」の一言で見放された。

この本の執筆を始めてＺ先生の気持ちも解るようになった。

いまから思うと最初にZ先生は、「手術するのは私ではない。外科医がする」と言われた。ＭＲＩを撮るたびに、外科医の先生と相談なさったのであろう。よほど難しい箇所だったに違いない。外科医が「手術はできない」と言われるたびに、Z先生は板挟みで困っていられたのではないだろうか。だから私に優しかったのだと思う。

あのままでは、私は死ぬまで痛い痛いで、横になって寝ることもできなかったに違いない。そして死ぬまで地獄で、狂い死んだかもしれない。

大学病院は潔く他の病院を紹介するシステムを作ってほしいと思った。ほんとに患者のことを思うのだったら、面子にこだわらずそんな勇気を持って、外部の優れたと言うか、得意とする病院と連携し紹介してくだされば、みんなが助かることだろう。

私は、X大病院に七十歳のときに手術するために送られて、そのまま「手術」の手の字も言われず、七十五歳になったときも「七十五歳になってしまうよ」とも言われなかった。それで「七十五歳以上だから手術できない」などとよく言えると思った。

私は「足かけ八年もX大病院に通ったんだ！」、「薬の実験台にしたの？」「いたずらに七十五歳が過ぎるのをにこにこしながら待っていたの？」と叫びたい。
運良く偶然のように見つかった病院が自分で探した病院であったというのは悲しいと思う。自分で見つけられない人はどうなるのだろうか？　苦しみながら、死ぬのを待つしかないのだろうか？

これがX大病院から紹介されての湖東記念病院であったなら、どんなにX大病院にZ先生に感謝したことだろう。悲しく思うばかりである。

入院日数は一週間、後遺症は何もなかった。手術・入院費用は十万円以下。こんな良い病院があったのだ。
手術を受けてから五年、私はあの頃が嘘のようにピンピンと泳ぎ回っている。

大学病院というところは、国の医学のための研究機関であり、良い医学生を育てる病院であることぐらいは私でも知ってはいるが、そうだから何をされても仕方がないということにはならないだろう。
ただただ、手術できないならできないで、できる病院を紹介してほしかった。

今後も私のような患者さんがいたら、面子にこだわらず手術できる病院を紹介してあげてほしいと願うばかりである。どんな病気にもあてはまることだろう。

大学病院と一般病院の情報の連携を切に願うばかりである。

三叉神経痛という病気については、「私も三叉神経痛と言われたよ」とときどき聞く。でも私やA子さんやK代さんのようなひどいのもあれば、特効薬テグレトールで抑えられる程度の軽い三叉神経痛もあるようだ。

薬は痛みを抑えるだけ、完治させるには手術しかないと頭にインプットしていただきたい。

三叉神経痛には、私が名付けたように活火山期と休火山期がある。休火山期にだまされてはいけない。休火山期が長く続いて治ったかと何度だまされたことか。

金槌で殴られたような、焼け火箸で突き刺されたような噴火と活火山期も、必ず待っていれば休火山期がやって来る。最後の土壇場でもやってきた。

でも決して治ったのではない。死火山にはならない。いつか必ず活火山はエネルギーが溜まって爆発する。休火山期が一年も続いたり、二週間ぐらいであったり、気まぐれで一定していない。

長い休火山期に入ると治ってしまったかと勘違いするが決して治ってはいないのである。息をひそめているだけなのである。必ずマグマを溜めて爆発する。

ときどき再発するようであれば、手術は早いほうが良い。

私のように十五年間も付き合ってみないとわからないことだったが、行く先はだんだん活火山期間が延びていって休火山期が短くなり、一日中桜島のようにぶつぶつ噴火ばかりするようになる。横になって眠ることもできなくなってしまった。それでも休火山期はやって来た。

どこで見切りを付けるかだが、完治には手術しかない病気だということを忘れてはいけないと思う。

私には末路がわかっていなかった。死ぬような病気ではないので三叉神経痛と仲良くできると思っていた。誰も行き着く先を教えてくれなかった。本にもインターネットにも末路は書いてなかった。

家庭の事情もあって、「三叉神経痛と仲良くする道」を選んだ私だけが経験した末路ではないだろうか。行き着く先がわかっていれば、たとえどんな家庭の事情があろうとも、もっと早く手術をしたと思っている。

私は三叉神経痛で苦しんでいられる皆さんに声を大にして申し上げたい。

一つ　三叉神経痛の完治は手術しかない（軽い場合のことはわからないが……）。
二つ　三叉神経を傷つけないように、手術に耐える体の状態を保つこと。
三つ　手術に耐える体力を保つこと（食事・運動など）。
四つ　鬱にならないよう楽しみを持つこと。
五つ　ときどき再発するようなら手術は早いほうが良い。
六つ　三叉神経痛とは最後まで仲良くできない。
七つ　休火山期にだまされるな。
八つ　良い病院を見つけること。

杉浦和子（すぎうら・かずこ）

昭和14年生まれ。

平成4年から21年まで、市の民生委員を務める。

現在は、社会福祉協議会のふれあいミニ・デイサービス「おしゃべりサロン」代表、いこいの家「珈琲サロン」副代表として地域の福祉活動に関わりながら、趣味に生きている。

俳句結社「濃美」同人。

著書に『自宅介護で「胃ろう」をやめた日』（小社刊）がある

三《さん》叉《さ》神《しん》経《けい》痛《つう》が治《なお》った日《ひ》

2023年5月31日　第1刷発行

著　者　　杉浦　和子
発行人　　久保田貴幸

発行元　　株式会社 幻冬舎メディアコンサルティング
〒151-0051　東京都渋谷区千駄ヶ谷4-9-7
電話　03-5411-6440（編集）

発売元　　株式会社 幻冬舎
〒151-0051　東京都渋谷区千駄ヶ谷4-9-7
電話　03-5411-6222（営業）

印刷・製本　中央精版印刷株式会社
装　丁　　大石いずみ

検印廃止

Printed in Japan
ISBN 978-4-344-94507-4 C0095
幻冬舎メディアコンサルティングＨＰ
https://www.gentosha-mc.com/